網路小說
Novel@Net
122

# 因爲

Micat@著

從喜歡上你的那一天起，我就決定，
要帶著我所有的勇氣，默默陪伴著你。

過去的我，只懂得愛自己，從不認為有什麼事值得追尋，
是妳的笑容，像天使一樣，一點一滴融化了我的驕傲；
因為有妳，我的世界從此不再冷清孤寂。

☆☆序

# 另一種，愛情的樣貌

寫這個故事之前，我曾經認真地想過，是不是當我們喜歡著一個人時，心中就能產生一種莫名的勇氣和堅強，即使過程中可能會受傷、可能會痛苦，但還是可以像王小楠一樣，義無反顧地喜歡著那個菩薩派來的小天使。

我想，這個問題並沒有所謂的正確答案，但我總相信，每個人的心裡，或許都住了一個王小楠，都住了一個想要為自己的愛情而努力，並且勇往直前的王小楠。

只是，一旦遇上愛情，有時我們會選擇鼓起勇氣豁出去，大膽地告白，讓對方知道；也可能有時候，我們會選擇安安靜靜陪在對方身邊、直到對方看見自己為止。

我也曾經為了自己的愛情，付出很多努力，不曉得大家遇見愛情時，會選擇怎麼去面對呢？不過，不管用什麼樣的態度面對，我們總有機會在愛情的國度裡，遇到屬於自己最美好的一段感情。

最後，真的很開心王小楠和小天使的故事，能這麼快就以這樣的形式呈現在大家面前，更謝謝此刻捧著這本書的你，也希望你會喜歡這個故事！

最後的最後，Micat一樣要謝謝很多人。

謝謝我最親愛最親愛的家人、Richard，以及每位支持著Micat的朋友。我相信所有的逆境一定會過去，否極泰來。謝謝辛苦又可愛的編輯給我許多寶貴意見。更謝謝在部落格留言給我、鼓勵我的大家，你們的回應，讓我心裡滿滿的感動；當然也要謝謝我bbs個人板上的每位朋友，謝謝你們給我的溫暖，還要謝謝可愛的副板主舒舒努力地更新板標、收文章、催自介……妳還欠我壓軸表演喔！

最愛大家的 Micat

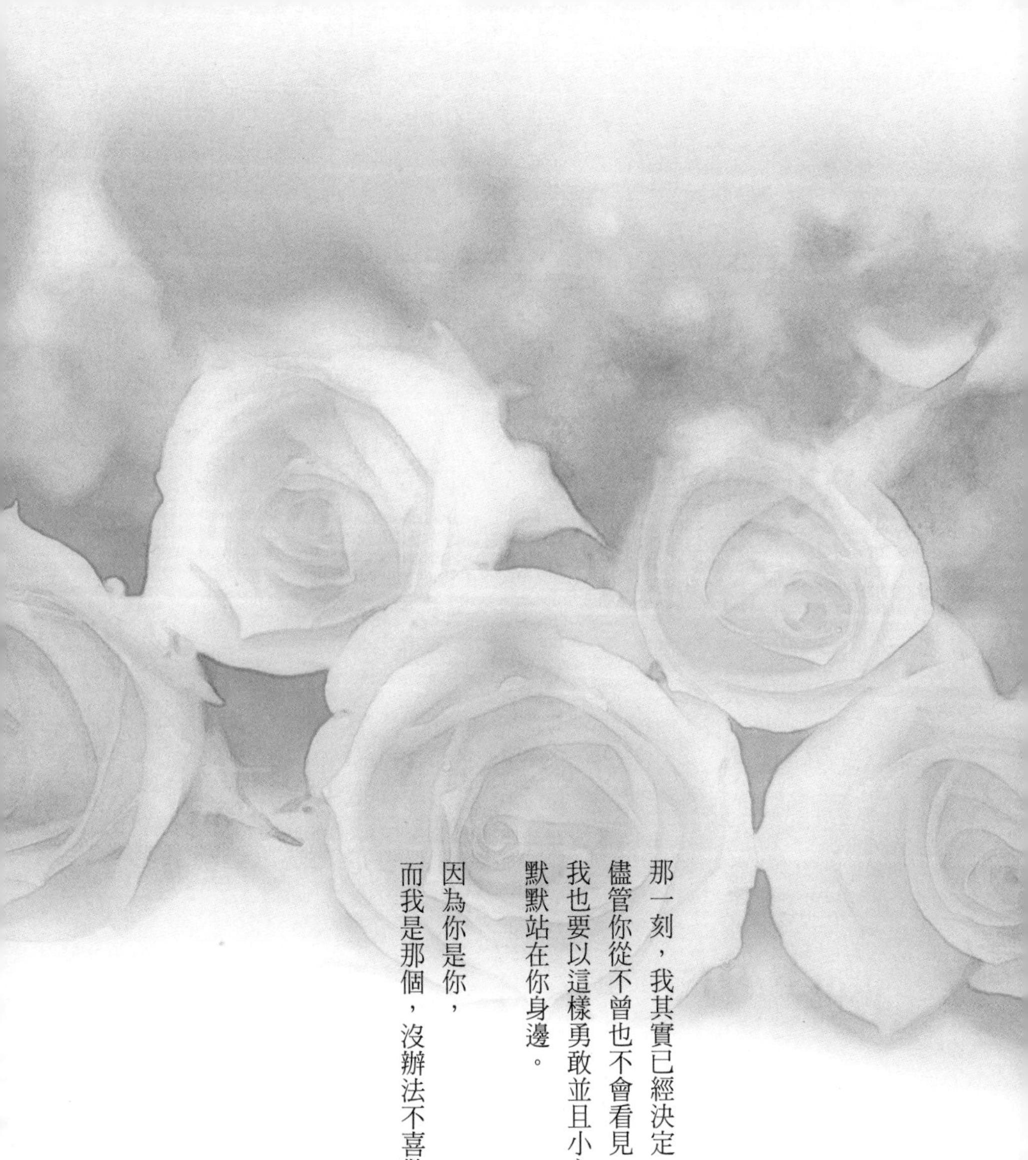

那一刻，我其實已經決定，
儘管你從不曾也不會看見，
我也要以這樣勇敢並且小心翼翼的方式，
默默站在你身邊。

因為你是你，
而我是那個，沒辦法不喜歡你的我。

「眞的不可以嗎？」看著有「音樂系頭號才女」封號的學姊臉上掛著爲難，我仍不死心地請求。

「嗯，這陣子眞的很忙，所以……對不起了。」學姊對著我歉然地笑了笑。

「學姊，這麼有意義、這麼棒的活動，很希望妳可以再考慮一下。」

「學妹，不是我不幫妳，大三的事情本來就多，而且這陣子我接了好幾場重要活動的伴奏，再加上音樂季的擴大舉辦，時間上很難安排，還是請妳找其他人幫忙吧。」

「可是……」我實在很想繼續說服學姊。

「與其在這裡說服我，妳還是把握時間，去找其他適合的人選吧！」

「能找的人都已經試過了，我知道這種要求很突然，但我也想不出其他辦法了。」

我緊皺著眉頭。

「眞的很抱歉。」

儘管學姊看著我的眼神還是很禮貌，但從她已經將修長的手指放回琴鍵上的舉動看來，我也明白，煩了她將近半小時，我早應該識相地快點離開。

「我懂了，」我將自製的宣傳單對摺後，放進包包，抬頭對學姊笑了笑，「希望下次還是能有合作的機會喔。」

「會的。」

「學姊如果想到適當的人選，再麻煩打個電話告訴我，傳單上有我的手機號碼。」學姊彈了第一個鍵之後，我微笑著打開琴房的門，「學姊再見。」

一走出琴房，靠在門邊牆上的文文馬上靠過來問我：「成功了嗎？」

我搖搖頭，「爲什麼音樂系的人都這麼忙？」

「正巧碰上音樂系學生忙碌的時期吧！」

我站在文文身邊，和她一起背靠著牆，從包包裡拿出音樂系的通訊錄，用鉛筆在剛剛那位學姊的名字上畫了個叉，「這十幾個人不是伴奏演出撞期，就是一點興趣也沒有，妳那邊呢？」

「全部都對我說了『不』。」文文誇張地交叉手臂比了個大叉。

「眞糟糕。」

「這下該怎麼辦？」文文沮喪地蹲下，沉沉地嘆了一口氣，「小楠，我們乾脆說服孩子們放棄這次的演出，反正以後還有機會，這陣子先讓玉甄好好休息，等玉甄的傷好了，我們還是能有演出機會的……」

「不行！」我睜大眼睛看著文文，「那群孩子這麼期待合唱演出，我們怎麼可以輕易放棄？」

「我知道在妳王小楠的字典裡沒有放棄這兩個字，可是……」

「不行，我不想讓育幼院的小朋友失望。」我順著牆滑下，蹲在文文身邊，邊翻閱幾乎要畫滿叉叉的通訊錄，邊在腦子裡不停地想著還有哪些人能找。

「小楠！」文文皺起眉頭，嘴唇微微嘟起，擺出她招牌的撒嬌表情看我。

「除了取消，一定能找到解決的方法，我不想大家失望。」我說。

「這又不是妳的錯，是因爲玉甄意外出了車禍，手受了傷，那些孩子也清楚狀況啊！他們一定會諒解的。」文文眉間的糾結沒有鬆開，好言好語地勸我。

「總之，一定會有其他辦法的。」我搔搔頭，再次下定決心。我不相信除了放棄之外找不到其他辦法。

玉甄是文文的直屬學妹，在文文的影響下，不但加入了服務社，還和我們一起到育幼院當起義工。同時，在育幼院院長的請託之下，從小就學習鋼琴的玉甄，想都沒想就答應每個禮拜抽出兩個小時，到育幼院帶孩子唱遊，更主動提議今年讓我們帶著孩子，參加這次義賣園遊會的合唱表演。

隨著園遊會的日子漸漸逼近，合唱練習也漸漸上了軌道，玉甄卻在一次上課途中，因爲車禍意外傷了右手。雖然傷勢不算嚴重，但醫生建議必須好好地復健休養一段時間，否則，將來練琴有可能受到影響。

所以，如果找不到人可以代替玉甄伴奏，那麼不僅育幼院的唱遊課必須暫停，就連孩子們期待了好久的合唱表演也必須取消了。

原本以為，只要一一拜訪音樂系的同學，一定可以順利找到願意擔任伴奏的人。然而天不從人願，到現在，我和文文手中的音樂系通訊錄，已經畫了好多叉叉，仍然找不到可以代替玉甄、時間上又能配合的。

「我們先把音樂錄好，讓小朋友跟著唱，應該也可以吧。」文文繼續勸我，「反正又不是比賽，不需要這麼慎重吧！」

「不行啦……」

「我覺得這是最可行的變通了。」

「不行！不行！不行！」我用力地搖搖頭，反駁文文，「既然是合唱，就該有個正式的伴奏才像樣。」

「小楠！」文文提高音量，「妳想得太天真了，而且妳能不能收起妳的固執啊？」

「不行就是不行！我已經答應小朋友，會找一位和玉甄一樣厲害的音樂老師，那天妳不也答應玉甄了，所以我們不能言而無信。」

「我們已經盡力了啊。」文文重申。

「可是……」我蹲得腳麻了，乾脆坐在地上，把下巴埋在膝蓋裡，「我看我再繼續努力好了，我的第六感告訴我，一定會成功的！」

文文又沉沉地嘆了一口氣，抓過我手中的通訊錄翻閱，急急地想說服我，「大一大二的人都已經抽不出時間了，何況是大三大四的學長姊？剛剛妳不也被拒絕了？」

「總會有人願意為了這個有意義的活動，更動一下行程的。」我搔搔頭。

「按照常理來說，是不可能的。」文文白了我一眼，「大四的學長姊忙著畢業公演，大三必須負責校內音樂季活動，所以妳想都別想！」文文好話說盡，終於毫不留情地澆熄我心中的一線希望。

我抿抿嘴，當然我也知道，音樂季是我們學校音樂系的重要傳統，但我就是不想輕易放棄，「總之，等一下我找一些大三的學長姊問問看。」

文文吐吐舌頭，「妳的毅力可眞是驚人。」

「不到最後關頭，絕不輕言放棄！」我說完話，發現文文正巧也和我異口同聲地說出了我的座右銘。我們兩個人相視一笑，「對了，貼在音樂系系辦前的招募傳單，難道沒有半個人看見嗎？」

「不可能沒有半個人看見，一定是大家都興趣缺缺。」文文壓低了音量。

「妳那裡還有招募傳單嗎？」我問。

「還有十幾張吧，在這裡。」她從背包拿出資料夾裡的宣傳單遞給我，「怎麼了？」

「給我，」我接過傳單，站起身，「我再到福利社、圖書館和其他地方貼貼看。」

「為什麼？」文文驚訝地看著我。

「說不定學校裡還能找到像玉甄一樣，雖然不是音樂系學生，但鋼琴彈得比誰都好的人！」

「是這樣沒錯啦，」文文摸摸下巴，「可是要發現這種人才的機率，大概只有百分之零點零零零零零……喂！妳要去哪裡啦？」

「我去把傳單貼完，順便『探訪民情』，搞不好能找到高手。等我的好消息喔！」我回過頭向文文揮揮手，「再打電話給妳！」

我邁開步伐，賣力地往前衝，背後傳來文文的喊叫聲，大概是說了一些「怎麼這麼衝動、死都不肯放棄」之類的話，但隨著文文的聲音愈變愈遠，我心裡的第六感卻愈加堅定。

我的預感愈加堅定告訴自己，就是這兩天，我和文文一定可以順利找到代替玉甄的人選！

「大功告成了，呼！」我擦掉從額頭滑下的汗水，將資料夾和膠帶收進包包後，認眞地盯著最後一張宣傳單，腦子裡突然浮現媽媽常說的「菩薩神蹟」。我觀察一下四周，雖然自己也覺得好笑，但其實只要能找到人選，就算會被路過的人認爲是碎碎唸的神經病也無所謂了。

於是，我對著宣傳單，雙手合十，嘴裡唸了起來，「菩薩保佑，希望祢能幫個忙，保佑我找到答應伴奏的人喔……」我認眞地重複了三遍。

當我虔誠地說完心中的願望，正要轉身離開時，一個跨步，差點撞上不知道什麼時候站在我後方的一個男生。

「嚇我一跳，」我拍拍胸口，吐了一口氣，「這樣一聲不響站在別人後面，會嚇死人耶。」

他冷冷地看了我一眼，「嚇死人是不至於，但會痛是千眞萬確。」

「痛？」我抬頭看著高出我很多的他，「我又沒撞到你。」

「可是妳踩到我了。」他抿抿嘴，向下指了指。

「啊，抱歉！」我收回腳，除了抱歉之外，又連說了三次對不起。

他聳聳肩，沒有再說什麼，連一句「沒關係」也懶得說似的，只是微微地向右移動一步，眼神停在我剛剛張貼的宣傳單上。

難道……他對活動有興趣？難道……他是菩薩顯靈，賜給育幼院小朋友的「伴奏小天使」嗎？菩薩啊菩薩，祢眞是太靈驗了！

我抬頭看著他的側臉。嗯，雖然臉色臭了一點，但還是個挺帥的小天使嘛……

「你是音樂系的嗎？」我問。

「嗯。」

「那你對這個有興趣嗎？」我指指剛張貼好的傳單，雀躍地問。

「妳怎麼不先問我會不會彈鋼琴？」他睨了我一眼。

「喔……」也對，如果不會彈琴，那一切也是白搭。像我這音痴空有滿腔熱血，但對於彈琴根本一竅不通，除了努力找人、貼傳單之外，完全幫不上其他的忙。

「那你會彈鋼琴嗎？」

他同樣睨著我，「會。」

「所以，你有興趣囉？」我睜大了眼睛，暗自慶幸這位小天使果然是菩薩的恩賜。

「沒有。」

「唉唷！少開玩笑了啦！」我自以爲是地墊高腳尖，並且伸長了手拍拍他的肩，哈哈地笑著說。

「信不信隨妳，總之我不會參與這種無聊的活動。」

「眼神是騙不了人的，你剛剛盯著傳單看的樣子，明明就很熱切啊！」我瞇著眼，觀察眼前這位小天使。

沒錯啊……明明就感興趣得跟什麼一樣，我王小楠神經大條歸大條，好歹也觀察得出來好嗎？我在心裡嘀咕。

「我看的是這張音樂會海報。」他指了指傳單旁邊超華麗的音樂會海報。

「這……」我抓抓頭，瞬間覺得難爲情到了極點，但還是努力地轉移話題，「好，不管怎樣，你剛剛說你會彈鋼琴對嗎？」

「嗯。」

「那，我可以正式邀請你，爲這群育幼院的孩子伴奏嗎？」

「不行。」他邊說，邊拿出筆記本和筆，應該是要記下音樂會的場次和時間吧。

「爲什麼？你明明就是菩薩……」啊，後半段的話我自動消了音，看他似乎沒聽出什麼，我在心裡暗自鬆了一口氣。「總之，既然你會彈鋼琴，那請你無論如何都要幫我們這個忙。」我彎身九十度向他鞠了躬。

「妳不用再說了，我幫不上忙，」他收起筆記本和筆，用手指抵著我的額頭，對我說：「另請高明吧！」

「同學……拜託你啦！」我決定採取哀兵政策，「你不知道，育幼院的孩子眞的很期待這次的大合唱，都已經練習好久了，要是不能上台的話，他們會很失望的，你眞的忍心看那群孩子……」

「這和我有什麼關係？」

「是沒關係，但還是拜託你幫忙，請你……」

「原來的伴奏呢？」他拋出問句，打斷了我的話。

「因爲車禍，右手受傷了，需要復健。如果你答應的話，一定好心有好報的。」

「我不希罕什麼好報。」

「你希不希罕不是重點，重點是你答應。」

「我不會答應的。」

「為什麼？」我看著他，發現他眼裡有一百分的堅決。

「沒有為什麼，」他聳聳肩，「我不想做沒意義又浪費時間的事。」

「雖然這可能會浪費你一些時間，可是絕對不是沒有意義的！」我不可思議地看著他，開始懷疑這個人的價值觀到底哪裡出了問題。

「那我請問妳，答應伴奏、答應抽出時間陪那些孩子唱遊，對我來說有什麼好處？」他直盯著我看，「別跟我說可以得到好人卡什麼的。」

「呃……」我吞下一口口水，我想說的，的確是類似「可以獲得好人卡」這種理由，於是我急忙改口，「可以讓生活更充實啊！」

「這種充實，能讓我爭取到國外學校的入學資格嗎？」

「這……」

「老實告訴妳，我寧可把這些被分割掉的時間拿來好好練琴。」

「你這個人怎麼這麼功利啊？」我皺著眉。

「努力朝自己的理想邁進，有什麼不對？」

「是沒錯……」我摸摸下巴，「但是，邁向理想的路上，多累積各種不同的經驗也不錯啊！」

「對我而言，只是浪費時間而已。」他語氣平淡。

「喂！眞的不考慮一下喔？」哀兵政策不行，我改採裝可愛策略。爲了讓他感受到我的誠意，我還緊緊抓住他的手，並且用水汪汪的眼睛看著他。

「沒錯。」他撥開我的手，忽視我刻意傳達的「誠意」。

「不能拜託一下下嗎？」

「我走了。」說完，他邁開腳步。

「幹麼不認眞考慮一下嘛！」我嘆了一口氣，正想著該用什麼強而有力的理由說服他時，他突然轉過身看我，臉上掛著一種極詭異的笑。我極力露出最甜美的笑容問：「你改變心意了嗎？」

「不是，我只是想提醒妳，或許妳可以繼續對著傳單，雙手合十虔誠求妳的菩薩，我想祂會保佑妳找到適當人選的。」說完，他的嘴角微微上揚，似笑非笑的表情。

站在原地的我，早已經尷尬得不知如何是好，腦袋裡一片空白。

☾

回過神時，那個男生已經離開我的視線，不知道往哪裡去了。他調侃的語氣，以及嘴角那彎淡淡的，彷彿嘲笑我是傻子的弧度，佔滿了我的腦海。

不過，就算是這樣，看在他會彈鋼琴的分上，我一定要再接再厲遊說他才行，否則眞有負我向來「不管遇到什麼困難，都要達成目標」的毅力。但是……我連他的名字都不知道，該怎麼「再接再厲」呢？

我懊惱地搔搔頭，腦子裡隨即想起文文向來交友廣闊，消息又靈通。正想打手機找文文商量看看，該怎麼找出這菩薩派來的「小天使」時，才發現手機竟然不見了！

在包包裡東翻西找，就是沒看見我心愛的粉紅色手機。眞糟糕，會掉在哪裡？剛剛去了圖書館、去了福利社、去了中庭、去了文學院系辦前……可是我都沒有拿出手機啊！奇怪了……我不信邪，又重新找了一次包包，一樣沒有找到。

咦？會是忘在琴房了嗎？我仔細回想，剛才在琴房拜託學姊時，文文打電話說要過來找我，然後、然後可能隨手就放在那裡，忘記收進包包了！

是的，一定是這樣！我拉上包包的拉鍊，急急地往音樂系衝去，心裡暗自祈禱手機不要被撿走了才好。

我飛快地跑到學姊練琴的琴房，輕輕敲門之後走了進去，「學姊！」我大口大口地喘著氣。

學姊轉頭看到我，笑了，「總算發現手機掉了啊？」

我尷尬地笑了笑，「是啊，還好學姊還沒離開。」

「這首曲子練到順之前，我是不會離開的。」她把手機遞給我，「好可愛的手機，貼得亮晶晶的。」

「把它貼得閃亮閃亮的，看了心情也會很好啊。」

「呵！的確是。」

「謝謝學姊，那不打擾妳練琴了，我先走囉！」

「嗯，再見。」

我走出琴房，立刻撥電話給文文。文文接起電話後，我一股腦兒地，把手機遺失，以及剛剛遇到小天使的經過，一五一十地向她報告。

「幸好手機沒弄丟。」

「是啊！」

「不過，王小楠同學，妳到底有沒有常識啊？」聽完我的描述，文文劈頭就問。

「什麼意思？」

「妳不知道菩薩是我們的信仰，而小天使是外國人嗎？」

「唉唷！幹麼這麼計較？」我吐吐舌頭，還皺了皺鼻子。

「而且人海茫茫的，我怎麼可能會知道那個『菩薩派來的小天使』是誰啦？」文文大聲抱怨。

「我想說妳認識的人比較多嘛。」

「呃……他長得怎麼樣？」

「高高瘦瘦的，眼睛小小的，然後有一個……」

「然後怎樣？別跟我說然後有一個鼻子、一張嘴巴、兩個耳朵這樣。」

「文文！」

「哈哈！重點是，他帥不帥？」文文用八卦的語氣問。

「是滿帥的，」雖然是在電話裡，但我彷彿看見文文眼睛亮了來。因爲她一向對「帥」這個字特別敏感，「可是我告訴妳喔，他臉很臭，不是和藹可親的那種。」

「那叫『酷』！」

「酷不酷我不知道啦，」我聳聳肩，「妳幫我向妳音樂系的同學打聽一下嘛！」

「好好好！我晚一點就撥電話去問問看。」

「那就拜託妳囉！對了，他的頭髮比一般的男生要來得長一點。」除了帥之外，這是我唯一能想到的特徵。

「及肩嗎？」

「沒有，總之，是風吹過來會飄啊飄的長度。」

「我的大小姐，難道妳要我形容給朋友聽的時候，說他『頭髮會飄啊飄的』嗎？」

「反正，就是超過耳下一些些啦！」我輕輕皺了皺鼻頭。

「好啦，等我消息，我先問問看再說。」

「謝啦！不過，妳還是要繼續把通訊錄上的電話都打完喔！」

「好，我知道了，先這樣囉！」

我連再見都還沒說，文文就已經掛上電話。我將手機收回包包時，竟意外聽見前方傳來琴聲。

除了學姊之外，還有人在別間琴房裡練琴嗎？為什麼剛剛我都沒有發現，也沒聽見有其他的琴聲？是因為急著找手機的關係嗎？我納悶地想著。

循著琴聲的方向走去，我停在傳出樂聲的琴房門口，輕輕敲了門。但裡頭的人也許因為練習得太投入的關係，並沒有聽見，仍舊流暢地彈奏那首好聽的曲子，是一首身為音樂白痴的我十分陌生的曲目。

我靠在門口的牆邊，閉上眼睛，聽著這時快時慢、時強時弱的旋律，不自覺隨著節奏點著頭，打起不準的拍子來。奇怪的是，在門外靜靜等待的我，竟抬起了雙手，想像自己正坐在鋼琴前演奏，想像自己身在音樂廳的舞台上表演。

琴房裡練習的人，將同一首曲子彈了一遍又一遍，門外的我專注地聽著。一向對古典音樂很陌生的我，此刻竟有一種連自己都訝異的陶醉。

我背靠著牆，屈起膝蓋坐在琴房門外，下巴舒服地靠在膝蓋上，聽著這首不知名的曲子一次又一次地反覆彈奏。

我閉上雙眼，享受這動人的旋律，然後迷迷糊糊地做了一連串的夢；夢見菩薩現身在一片祥和的彩雲間，並且帶了一位小天使到育幼院，用相當仁慈的面容要那位小天使陪小朋友唱歌跳舞、陪伴小朋友快樂成長。義賣園遊會也因爲有了小天使的伴奏，孩子們的合唱表現得出奇地好，甚至還受到專業人士肯定，受邀到音樂廳演出……

最後，在音樂廳演唱完畢，台下響起如雷掌聲的同時，伴奏的小天使突然轉過臉來，變成今天那個站在海報前的男生的臉孔，不僅對我露出調侃的笑，還站起來，把我對著宣傳單求菩薩保佑的舉動告訴全場來賓，就連在場的文文也跟著笑彎了腰，一邊提醒我，小天使是外國人才對。

我滿身冷汗地從一陣訕笑聲中驚醒，急急地呼吸了好幾口氣。確定這是一場夢之後，我心裡才滿懷慶幸。就算我臉皮再厚，也難以忍受這種被恥笑的羞辱啊。

咦！沒有琴聲了？我停下擦著汗的手，慢慢站起身，心想這絕對是敲門的好時機。當我準備好笑容時，竟發現琴房裡早已經暗下來了，而且空無一人。

我捶胸頓足地大叫，暗暗罵自己誤事，更氣自己怎麼沒事在這種重要關頭睡著，睡到連人離開了都沒察覺！

王小楠啊王小楠，妳眞是天字第一號大笨蛋！妳根本愚蠢到極點嘛！在這裡守了半天沒等到人，還等到睡著！

顧不得可能被記上破壞公物的罪名，我邊罵邊對著牆壁又搥又踹，然後瞥見牆上貼著一張綠色的便利貼，上面寫了：「不會是夢見妳的菩薩了吧！」

「哇哈哈哈哈！」文文毫不留情地抱著肚子笑倒在床上。

「江文文！請妳有禮貌一點。」我漲紅了臉瞪她。

「妳真的有夠笨耶！這麼好的機會就這樣浪費掉，竟然睡著了。」她說完，又哈哈哈地笑了半天，眼睛都彎了起來。

「誰知道他會趁我睡著的時候離開啊？不要再笑了啦！」我低吼，一想到那張綠色的便利貼，我的臉就會迅速漲紅。

「好啦！」文文輕輕拍著兩頰，回到正經的表情，臉上的笑意卻沒有立刻消失，「所以說，留紙條的人就是下午遇到的小天使？」

「嗯。」我無奈地點點頭，向菩薩祈求的事我只告訴文文，此外，唯一目睹現場一切的人就只有他了。

「對了，妳不是對古典音樂沒興趣嗎？怎麼這次會聽得這麼入迷？」

我攤攤手，「不知道。」

文文確實問出了連我自己都疑惑的問題。從小到大就嚴重缺乏音樂細胞的我，知道的歌曲除了兒歌，就是芭樂的流行音樂，今天會聽得這麼入迷，連我自己都意外得不得了，難道……

「難道他真是菩薩派來的小天使嗎？」文文真不愧是號稱我肚裡蛔蟲的好朋友，我心裡的話，她連想都不用想就說中了。

「我哪知道啊。」我也不禁皺起了眉頭。

「不是小天使的話，怎麼會有這種魔力，讓一個音痴陶醉在他的演奏裡？」文文突然認真地分析著，「不過，如果真的是菩薩派來的，他應該一開始就會答應妳了啊，怎麼會一而再、再而三錯過？」

「就是啊！」我點點頭，這也是我心裡的疑惑，「文文，這會不會是菩薩給我的考驗呢？」

「什麼意思？」文文被我問糊塗了。

「我聽我媽媽說過啊，而且電視上不也都這樣演的嗎？神明要賜福一個人時，會先想辦法考驗這個人的恆心或毅力。」我看著文文。

「王小楠，」文文又哈哈地笑了，還不客氣地用食指在我額頭上點了兩下，「每次都聽妳抱怨妳媽太迷信，我看妳的程度也不輸她耶。」

「文文！」我敲了文文的頭一記，「對了，妳向妳音樂系的同學打聽了沒？」

「嗯，她說三年級有一個上學期才轉來的轉學生，是個很優秀的學長，和妳形容的一樣，眼睛不大、頭髮稍長，重點是挺帥的。」

「嗯？」我睜大眼睛，「知道他叫什麼名字嗎？」我興奮地從包包裡拿出音樂系通訊錄，翻到大三的頁次。

「胡宇晨。」邊說，文文的手一邊指著欄位裡「胡宇晨」這個名字。

「胡宇晨……」我重複唸了一遍這個名字。

「連名字都好好聽喔，真想看看他本人。」文文露出嚮往的神情。

「那聯絡方式……」我看著他的手機號碼，「直接打給他好了。」

「喂！等一下！」文文搶過我手中的通訊錄，叮嚀我，「妳要有心理準備喔。」

「什麼意思？」我皺眉，不解地問。

「我那個同學說，他有百分之九十九點九九的機率是不可能答應的。」

「至少不是百分之百啊！」

「我同學還說，胡宇晨唯一熱中的，除了音樂還是音樂，他不會答應參加這種活動的，而且他自己不也說，覺得這活動沒有意義嗎？」文文再次提醒我。

「所以，我們更要讓他了解這活動的意義和重要性啊！」我握緊拳頭，發現自己莫名地堅定。

「我另外向我同學要了兩個外校同學的聯絡電話，妳要不要試試看？」

「嗯，都要試試，不過我有強烈的預感，我相信他一定會答應我們的。」

「小楠！」文文嘆了一口氣，「他都說這種活動沒意義了，妳幹麼……」

「不管用什麼方法，我一定會在最短的時間內，導正他這種扭曲的想法。」

「問題是，演出的日子一天一天逼近了啊。」文文的臉上滿是擔心。

「那我現在就打電話給他。」我搶回通訊錄，拿出手機，按下胡宇晨的號碼，卻轉進了語音信箱，「沒關係，我會再接再厲，繼續打到電話接通爲止。」

「如果他一直都沒開機呢？」

「我就照著通訊錄上的地址，到他家堵他，直到他答應。」我笑著。

「眞佩服妳，」文文搖搖頭，嘆了一口氣，「不管做什麼都這麼有衝勁，怎樣都不放棄。」

「沒辦法，我們現在就像在大海中無助地漂著，好不容易找到一塊浮木，絕不能輕易放手。」

如果被拒絕一次就放棄，不就太對不起那群期待合唱表演的孩子了嗎？只要有成功的一丁點可能，我就沒理由放棄。何況，我心裡早打定主意，非要他答應不可，不管這是不是菩薩的考驗，都一定要成功。

這麼快棄械投降，就太不符合我王小楠的作風了。

「今天大家畫的圖都很棒，小楠姊姊很開心喔。」我大聲宣布，底下的孩子拚命地拍手歡呼。

「那今天也有獎勵嗎？」理了光頭的小傑揮著手，還開心地跳了起來。

我笑著說：「當然是好吃的仙貝喔！」我舉高手中超大包裝的仙貝餅乾晃了晃。

「你們沒有謝謝小楠姊姊啊？」院長在一旁叮嚀，一貫笑盈盈的表情。

「謝謝小楠姊姊。」孩子們大聲說。

「不客氣不客氣。」我邊說，邊把今天帶來的仙貝發給小朋友，確定每個人都拿到餅乾之後，我才遞了幾個給院長，請她陪我們一起吃。

「小楠姊姊，今天要練習合唱嗎？」綁著兩條辮子的佩珊嘴裡嚼著仙貝。

「沒有。不過下個星期就能恢復練唱了喔。」

「耶！」一群孩子又開心得拍手叫好，「玉甄姊姊的傷好了嗎？」

我搖搖頭，「玉甄姊姊的傷還要復健，不過這次小楠姊姊和文文姊姊，請來了一個很厲害很厲害的大哥哥喔。」

「大哥哥?」小朋友們議論紛紛的。

我偷偷對院長眨眨右眼，再故作鎮定，繼續說下去，「沒錯，他長得很帥，下次你們就可以看到他了。」

「很帥?像育名哥哥一樣嗎?」

我在腦子裡仔細比對兩個人的臉，然後點點頭，「是啊，都很帥。」我還盡可能地克制自己，千萬別在孩子們面前說出「育名哥哥和藹可親多了」的補充。

「那他今天怎麼沒有來?」佩珊又咬了第二片仙貝。

「那個大哥哥……呃……」我嚥下一口口水，才發現說謊這麼不容易，「他這星期很忙，不能過來，下個星期就可以來帶大家練習了。」

「眞的啊?」大夥又陷入了一陣歡呼。

「還有，下個星期他來的時候，你們可以稱呼他胡老師。」我吸了一口氣，煞有其事地介紹。看小朋友一臉狐疑，我想起了那個好記又可愛的綽號，噗嗤地笑了出來，「或者叫他『小天使老師』也可以。」

「小天使老師?」孩子們驚訝地問，眼睛睜得大大的。

「沒錯，就是小天使老師喔!所以從今天開始，大家可以好好期待囉!」

「好!」

「大家趕快吃仙貝吧!小楠姊姊有事要和育名哥哥聊一聊。」站在一旁的院長突然走到我身邊，唐突地插了一句話，甚至唐突地打斷了還想發問的小傑。

「啊？」摸不著頭緒的我，在院長的暗示下，才明白了她是想爲我解圍。於是我點點頭，向小朋友大聲說：「嗯，姊姊先去找育名哥哥喔！」

說完，我鬆了一口氣，走出教室，快步往涼亭的方向走去，一眼便看見蹲在花叢當中的育名，「育名！」

他站起身，將一把雜草放進一旁的袋子裡，「嗨！看樣子，文文今天沒跟妳一起過來喔！」他走到洗手台前，沖掉手上的泥土。

「嗯，文文今天下午有一堂選修課要小考，所以沒辦法過來。」

「原來如此，要不要喝杯咖啡？」

「我就等這句話。」我開心地回答。

「那等我一下。」

育名走進餐廳後，我走到花圃旁的鞦韆上坐下。

我輕輕盪著鞦韆，看見遠方蔚藍天空上掛了幾朵白雲，眼前突然浮現剛才孩子們期待的小臉，於是我把速度慢了下來，然後停住，趁著等咖啡的空檔又撥了幾通電話給那位小天使，但同樣都轉進了語音信箱。

「同學，妳的咖啡來了。」育名拿著兩只陶瓷咖啡杯，將其中一只寫著「王小楠」三個大字的杯子遞給我。

這個專用的杯子，是一直半工半讀念研究所的育名，趁打工的咖啡店重新裝潢的機會，老闆請來陶瓷老師設計系列餐具時，特別請老師指導，親手製作的。

杯子上除了寫上「王小楠」之外，育名因爲知道我喜歡貓咪，還在上頭彩繪了一隻可愛到不行的小貓，是個令我相當感動的生日禮物。

「快喝吧！」看我發呆了起來，育名用他的杯子輕輕撞了我的杯子一下。

「嗯。」我吹著熱氣，聞到伴隨濃濃奶香的味道，「拿鐵耶。」

「配上王小楠專用杯，特別香醇可口吧。」

「這當然了，」我笑著，輕啜了一口，「你泡的咖啡哪有不好喝的？」

「妳每次都這樣說，還不都是三合一的咖啡包？」育名黑框眼鏡後的眼睛漾著笑。

「反正你泡的就好喝。」我再喝了一口，儘管是半開玩笑的語氣，但心裡是由衷地這麼認爲。

對我來說，咖啡好不好喝，不是只從口感和味道考量的，而是取決於某些心情和感覺。從好久以前開始，育名泡的咖啡，就已經悄悄扮演著我們這群義工的橋樑，成了我們聚在一起、開心聊天的交集。也或許因爲這樣，對我而言，只要是育名泡的咖啡，就像加了魔法似的，特別香醇可口。

「下次我請妳到我們店裡來，喝比這個更棒的招牌拿鐵。」

「好啊。」我點點頭。我和文文一直都很想找機會到育名打工的咖啡店坐坐。

「對了，」育名推推眼鏡，在我身旁的另一個鞦韆坐下，「找伴奏的事，爲什麼要騙孩子們？」

「啊？」我一不小心，讓咖啡燙了口，滑進喉嚨時嗆得我猛咳。

育名體貼地接過我的杯子，連同自己的咖啡放在一旁，站起身，拍拍我的背，「眞是的，」他見我緩和下來後，又繼續說：「我看妳說謊的功夫，只唬得住那群孩子，眞的找不到伴奏的話，不如跟他們實話實說。」

滿臉漲紅的我站起身，隔著鞦韆和育名面對面，「我知道這時候找新的伴奏是麻煩了一點，但只要想到孩子們都努力練習了好一陣子，我就告訴自己，一定要堅持下去。其實啊，如果一開始沒有說要表演合唱就算了，可是小朋友都已經練了一段時間，現在中途喊停，他們一定很失望的。」我嘆了一口氣，「我不忍心看到他們失望的表情，所以一定要努力一點。」

「但適當地讓他們知道實際狀況，也不是什麼壞事啊。」

我搖搖頭，「我就是不忍心看他們失望嘛！而且，誰說他下個星期不會過來？」

育名聳聳肩，眉毛挑得高高的，「喔？所以妳有把握可以說服他，請他下個星期過來帶大家練習囉？」

「嗯，雖然他到現在還下落不明，可是我有預感，這兩天我一定會找到他，而且成功地說服他擔任伴奏。」

「呵！這麼多不確定因素，妳還這麼有信心，」育名笑了笑，坐回鞦韆上，「不愧是永遠衝勁一百分的小楠。」

「當然！我可是打不死的小強耶。」

「哪有女孩子這樣形容自己的？」育名笑了出來，慢慢盪起鞦韆。

我也坐回鞦韆上，跟著輕輕盪著，「總之，還沒努力就輕易放棄，是很笨的。」

「嗯……也對。」

「怎麼了？」我看著育名，他雖然沒說什麼，但感覺像是有些心事。

「沒什麼，」他露出一種苦澀的笑，「我只是在想，如果當初我父母身邊能有個像妳這樣的朋友，也許他們會試著努力看看，而不是在我出生後就這樣放棄了我。」

「也許他們有他們的苦衷。」我轉頭，看見育名若有所思地望向前方，我眼眶突然熱了起來。

其實，自從認識育名後，「他們有他們的苦衷」這種話，我早就說過千百次了；我知道這樣的安慰很空泛，但除了這麼說，頭腦簡單又不善於安慰別人的我，就眞的不知道還能說些什麼才好了。

我相信，育名的父母親一定也曾經很爲難地掙扎過，只是迫於現實中難以克服的困難，才會不得已地決定拋棄剛出生的育名。

「但至少也不要讓長大後的我，連想找到他們的機會都沒有吧！」

「育名，其實……」我放慢了鞦韆的速度。

「王小楠！」育名突然朝著天空大喊。

「啊？」我把鞦韆停了下來，看著逕自盪過來盪過去的育名。

「不用安慰我，現在妳要努力的，是快點找出那個可以擔任伴奏的人。」

「可是……」

「妳都自身難保了，不用再為了要安慰我而煩惱。」育名放大了音量。

「呵！我知道了，我會努力的。」我點點頭，輕輕盪起鞦韆，提議要育名一起玩我們常玩的那個遊戲，「比比看，看誰盪得高！」

「好啊！不過妳哪一次贏過我啊？」

「那可不一定，每個下一次，我都有可能贏過你，」我看了天空中的白雲一眼，在育名哈哈的笑聲之後，我朝天空大喊，「因為我是打不死的小強！」

「老是這樣形容自己，當心會嫁不出去喔！」

「才不會呢！」我迎著涼涼的風，開心地盪著。

盪到最高點的那一剎那，我放開了抓著鞦韆的左手，張開掌心向著前方，就像觸著了眼前藍色的天，觸著了在天上飄著的白雲似地暢快。

第二章

胡宇晨……你的手機要到什麼時候才會開機啊？

我趴在桌子上，盯著眼前的手機。這兩天，我已經不知道打了多少次電話，但每一次都被直接轉進語音信箱。

「還是沒接喔？」坐在隔壁座位的文文停下敲打MSN訊息的手。

我點點頭，對文文翻了翻白眼，將手機放進我的粉紅色包包，「沒關係，等一下下課之後，我就衝去琴房找找看。」

「小楠，」文文蓋上她的筆記型電腦，「眞的還要堅持下去嗎？」

「是阿，當然！」

「嗯……那我陪妳一起去好了。」

「眞的？」我驚訝地看著文文。

她誇張地裝出驕傲的表情，「好歹我也是優秀又有愛心的義工團耶！」

「謝謝。」我雀躍而感動地抓住文文的手，我原先以爲她會繼續勸我放棄的，卻沒想到文文竟然這麼夠義氣地支持我。

「神經喔！」文文皺了皺鼻子，「不過，小楠，有一點我很好奇。」

「好奇什麼？」

「妳爲什麼不乾脆轉移目標，免得希望落空啊？」

「什麼意思？」我歪著頭看她。

「一來，打了這麼多通電話他都沒開機，二來，他又說對這種活動沒興趣，爲什麼妳不去問問看我朋友推薦的其他人？」

「我已經問過了。」

「動作這麼快？」文文吃驚地張大嘴巴。

「是啊！所以胡宇晨可以說是我們唯一的希望了。而且很奇怪喔……我一直有一種奇怪的預感，覺得他一定會是最好的伴奏人選。」我將近日來這個莫名的預感說出口，連我自己也不知道從何而來這種信心。

「唉……」文文長長的嘆息打斷了我的思緒。

「別唉聲嘆氣的啦！」我微笑地拍拍文文的肩，「就算他住在馬里亞納海溝，我們也一定可以找到他的。」

「找不找得到是一回事，問題是，就算找到了，他不肯答應也沒輒啊！」

「那我們就一直一直拜託到他答應爲止。」

「妳這麼有自信，那我們就一起祈禱能成功囉。」

「沒問題啦！」我拉長了音調，張開雙臂假裝成翅膀般拍著，「別忘了，他可是菩薩派來幫助我們的小天使耶！既然是菩薩的好意，當然沒理由會失敗啊！」

「哈哈！也對，」看我突如其來的耍寶舉動，文文笑了出來，「不過，這位小天使也太調皮了吧，手機都不開機。」

「也許這一樣是菩薩刻意安排的，想測試我們有沒有恆心。」

「妳眞的很愛亂想耶……」文文輕輕推了我一下。

「電視都這樣演的啊！」我很堅持地說：「我在電話裡跟媽媽說過，媽媽也覺得這應該是菩薩的考驗。」

「王小楠！」文文又敲了一下我的頭，「那妳要不要趁老師還沒來，好好向妳的菩薩許個願，請祂保佑我們，等一下在琴房可以遇到小天使啊？」

「如果能讓我們順利遇見他，當然要許願囉。」我雙手抱著胸，嘟起了嘴說。

「唉，妳迷信的程度還眞的跟妳媽媽不相上下。」

「哪有！」我不服氣地對文文吐吐舌頭。

儘管嘴裡反駁了文文，但老師走進教室，開始上課之後，我還是悄悄閉上了眼睛，暗自祈禱，拜託菩薩保佑我順利找到祂派來當伴奏的小天使！

「好想哭喔。」文文苦著臉。

「別氣餒，一定會找到他的。」

「可是我們已經等了將近三個小時了耶！」文文小聲地抱怨，但在這將近三個小時等待的時間裡，她沒有說出任何一句勸我放棄的話。

我看看手上的錶，再看了看她疲倦的神情，我想到她昨晚熬夜玩了一整晚的線上遊戲，「不然我們先回去好了，看妳都快變成熊貓了。」

「可以嗎？」文文微微皺起眉頭。

「嗯，不過回去之前，我們先去吃一碗冰怎麼樣？」我盯著文文額頭上晶瑩的汗珠，知道怕熱的她一定拚命忍耐了很久。

「好啊！我都快熱死了呢！」

「那走吧！」我拎起被我擱在地上的包包，轉身準備要走。

文文也邁開腳步，跟著我往前走，「可是小楠，妳不擔心我們走了之後，他就來練琴了嗎？這樣就收工，萬一錯過的話，不會太可惜了嗎？」

「誰說我要收工啦？」我皺著眉頭問。

「妳剛剛不是說要回去了？」

「我是說先去吃冰，可沒說要收工。」

「所以吃完冰……」

「妳回宿舍補個眠，再去赴妳的甜蜜約會吧！我留在這裡繼續想辦法。」

「會有什麼辦法好想的啊？」文文好奇地湊過來。

我聳聳肩，「不知道，所以先吃碗冰消消暑，說不定就想出辦法來了啊！」

「妳眞是樂觀耶！萬一一直找不到那個小天使，看妳下個禮拜怎麼跟小朋友交代。」文文故意嚇我。

我訝異地看著突然變得積極的文文。

「幹麼這樣看我啦！」文文不客氣地用力捏了一把我的臉。

「唉唷，好痛喔！」我撥開文文的手，「人家只是、只是被突然變得積極的文文嚇到而已嘛！」

「有什麼好嚇到的！」文文又想趁機偷襲，還好我機伶地閃開，「誰叫我的好朋友是衝勁十足的拚命三郎，我不認眞一點怎麼行？」

「妳大可以像之前那樣勸我放棄啊。」我開著玩笑，但我知道此刻文文認眞的程度其實不輸給我。

「與其放棄，倒不如和妳一起努力，反正我也說不過妳，」文文噘了噘嘴，「我說過了嘛……妳這種個性，好像總是會在不知不覺中感染別人，尤其是我。」

「才怪，」我吐吐舌頭，「我有這麼厲害嗎？」

文文沒有回答，只是自顧自地繼續說著，「總之，不只是這件事，每次看到妳認眞地在努力，我都會覺得，沒有陪妳一起努力，好像很對不起自己一樣。」

「呵！」聽見這段熟悉的話，我不自覺笑了。我小時候的玩伴，和國中的好朋友也曾經這樣說過。雖然我也搞不懂這算是怎麼樣的一種特質，更不確定該歸類成優點還是缺點，不過爸爸和媽媽，把這解釋爲屬於我王小楠的「楠式傻勁」。

雖然一開始，我對於「傻勁」這兩個字裡頭有個「傻」字頗爲感冒，但是在向爸媽抗議多次無效後，我只好默默並且無奈地接受了這樣的說法。反正，相較於從小成績優異又聰明的姊姊，我本來就不是一個頭腦靈光的孩子，從小到大，從爸媽口中只得到愚蠢分級裡最輕微的「傻」字，我其實早應該躲在牆角偷笑了才對。

「文文，總之謝謝妳。」

「妳愈謝我，我就愈慚愧，其實這本來就應該是我和妳要一起完成的事，」文文拍了拍我肩膀，「而且，該說謝謝的是我。」

「什麼意思？」

「因爲有妳陪我，我才能這麼努力、這麼有毅力面對這件麻煩事啊！」

「所以，爲了尋找小天使，我們一起努力吧！」

「那有什麼問題！加油！」

為了避免錯過小天使練琴的時間，買好了蜜豆冰，我和文文火速衝回學校，各自滿足地捧著一大碗冰，坐在音樂系系館外的矮牆上，大口吃著料多又實在的冰。

「好好吃喔！」我滿足地吃了一口。

「是啊！」文文舀了一大匙放進嘴裡，忍不住瞇起眼，「好冰喔！」

「誰叫妳吃得這麼……」我吃了一口蜜豆，看到前方一個熟悉的身影，然後激動地拍了拍文文的肩膀，興奮得說不出話來。

文文被我突如其來的舉動嚇著，嗆得咳了好幾聲，「害我嚇一跳！怎麼了？」

「小天使來了！」我放下手中的冰，指著前方距離約三、四十公尺遠的高瘦身影，「他來了！」

「真的是他？沒看錯？」文文指著朝我們走來的人影問我。

我揉揉眼睛，「沒錯！菩薩保佑！」確定沒認錯人，我起身飛快地衝向他。

「的確是菩薩保佑……」文文也把冰放下，跟著我衝向他，「等我！」

我氣喘吁吁地衝到他面前，無意間接觸到他微皺的眉頭下那道冷冷的目光，我於是努力壓抑住原本想叫他「小天使」的衝動，改了稱呼，「胡宇晨同學，可以請你答應幫忙伴奏嗎？」

「不可以。」他平淡地說了三個字，斷然地回絕我。

「拜託你啦！」

「我沒那麼多空閒時間。」

「我們不會佔用你太多時間的，只要你能夠答應，我們可以配合你的空檔。」我刻意忽略他冷冰冰的表情，放軟了語氣。

「沒興趣。」

「一個星期只要一到兩個小時左右的時間，就可以……」文文急著幫腔，這一瞬間，我覺得自己和文文彷彿都成了推銷員。

「我沒興趣。」他瞥了我一眼，大步一跨，繞過我和文文往前走。

「胡宇晨，拜託你啦！」我趕緊跑到他面前，張開雙臂擋住他。

「對啊！」文文也站到我旁邊。

「我記得我告訴過妳，我一點興趣也沒有吧？」

我呼了一口氣之後，應了聲，「嗯。」

「所以，不要再浪費大家的時間了。」他撥開我的手，快步往前走。

「等一下！」我追了上去，繼續說服著，「這種表演機會，對你們學音樂的人來說，會是很棒的經驗，爲什麼不願意試試看？」

「是啊！多和小孩子們相處，相信對你的音樂感染力一定很有幫助的。」文文誠懇地笑著。

「妳們煩不煩啊？」他的表情微慍，語氣裡更透露出不悅。

「請你再考慮考慮！」我跟上腳步愈來愈快的他，急著拉住他手臂。

「我說過我沒興趣。」

「考慮一下又不會少一塊肉。」

「至少考慮一下嘛！」文文再度幫腔，然後偷偷拉了我的手，要我克制一下自己開始激動的語氣。

「好！」他突然停住腳步，然後老大不高興地看著我們，「現在我鄭重告訴妳們，我認眞考慮之後，答案是不要。」

「喂！」

「又怎麼了？」他輕皺了眉。

「眞的不能幫個忙嗎？」我懇求地看著他，希望他能被我和文文的誠意打動，「那群孩子眞的很期待，眞的不能幫忙嗎？」

「不能，」冷冷地回答後，我彷彿聽見他還輕輕哼了一聲，「找別人去吧！」

「胡宇晨……」

「別以為死纏爛打就可以說服我。」他撥開我的手，往音樂系館大門走去。

看著他的背影，文文苦苦地笑了，「情況好像有點糟喔！」

「不會的，走！」我拉起文文的手，緊跟在胡宇晨身後。

「眞的還要繼續纏他？」

「當然要纏他，他是最後的希望耶！而且，誰叫他是菩薩派來的小天使，」我快步走著，「不過，現在更重要的是，我們的蜜豆冰快融化了。」

「小姐！現在最重要的，應該是想辦法說服他，而不是吃冰吧！」

「邊吃邊想啊！」我回到剛剛的矮牆邊，拿起吃了一半的冰，「都快融化了呢。」

「眞受不了妳耶！小楠，我知道妳很樂觀，可是妳看他剛剛那個態度，妳眞有把握說服他嗎？」

「不知道，但我會繼續努力的。」

「我們哪有多少時間努力啊？迫在眉睫耶！」

「一定來得及啦！」

「唉，眞不懂妳的信心到底從哪裡來的！」文文無奈地看著我，一邊順手舀了一口冰放進嘴裡。

「信心當然是菩薩給的啊！」我笑了笑，因為那個叫胡宇晨的，不正是菩薩派來的小天使嗎？

「小楠！」

「這樣窮緊張也沒用，我答應妳，吃完這碗冰，我就會想出好辦法的，OK？」

「如果想不出辦法呢？」

「想不出辦法喔……那這樣好了！就算下跪，我也一定跪到他答應。」看文文噗嗤地笑出聲，我又吃了第二口冰。

「人家是『男兒膝下有黃金』，妳有什麼？」

「我啊……」我放下湯匙，「我是『小楠膝下有蜜豆冰』。」

「虧妳說得出這種瘋話。」文文敲了一記我的頭，沒好氣地說。

「對了，」我連吃兩口，「等一下吃完冰，我還是去琴房等他好了。」

「等一下？」

「嗯，妳要一起去嗎？」

「可是……」

見到文文看了手錶一眼的舉動，我知道她很想先回去補眠，然後再趕去約會。我自信地拍拍胸口，「沒關係，妳就等我的好消息吧！」

「妳一個人眞的可以嗎？」

「當然！我可是王小楠耶！」我咬著嘴裡的蜜豆，說服文文的同時，也暗暗告訴自己，這一次只許成功不許失敗！

吃完冰，文文就先離開了。仍坐在矮牆上的我，努力地思考著能說服胡宇晨擔任伴奏的辦法。

其實我也感到很苦惱。他的態度這麼堅決，我該怎麼說服他呢？我抬頭看著還露出半個臉蛋的夕陽，再轉頭看看音樂系館門口，我知道我應該好好把握這個機會，提出強而有力的理由說服他。但除了死纏爛打之外，還能有什麼好方法？

我抓起包包，一走進大樓，就聽見裡頭傳來的悠揚旋律。於是我依著琴聲的方向，放輕腳步，來到琴房門口。

這一次，爲了避免重蹈覆轍，我不再呆呆地在門口等。雖然這樣有些失禮，但我還是決定在敲門之後，不管三七二十一就開門走進去，直接讓胡宇晨看見我的誠意。

「請你答應我。」推開門，我彎了腰，向他九十度鞠躬。

他看我一眼，旋律停了，取而代之的是「噹」一聲敲在鋼琴琴鍵上的聲響，「妳夠了沒？」

「對不起，我不是故意打擾你練琴，我只是……」我倒抽一口氣，假裝沒察覺他憤怒的目光，「只是希望你能答應擔任伴奏。」

「妳還眞不是普通的煩耶！」他不耐煩地瞪著我。

「我知道這樣很煩，可是我說過，除非你答應，否則我不會放棄的。」我走向他，堅定地站在他面前。

「再繼續煩我，信不信我把妳轟出去！」

「你再這樣什麼都不考慮就拒絕我的話，我就一直站在這裡！」我雙手扠腰，站在鋼琴旁，盡可能表現得理直氣壯。雖然我很清楚自己根本沒有任何理直氣壯的籌碼。

但一想到孩子們失望的臉，我也就吃了秤砣鐵了心，要自己非成功不可。雖然臉皮厚了點、無賴了點，但這確實是我能想到的最好辦法了。

「那妳請便。」他哼了一聲，繼續彈奏剛剛的曲子，看起來頗有拒絕到底的意思。

我們兩個僵持了好一會兒，誰也不肯讓步，他彈著彈著，曲子重複了幾次，在一旁的我已經站得兩腿發痠，甚至還不時發出唉唉的嘆息聲想引起他注意，可是他卻絲毫不為所動，很明顯把我當成隱形人。

「胡宇晨，」我再喊了一聲，「胡宇晨……」

看他仍然沒有理會我的意思，我的手輕輕蓋住他的琴譜，接著瞥見他微蹙起眉。正當我以為自己已經取得優勢，準備再跟他進一步「談判」時，他卻出乎我意料地閉起眼睛，修長好看的手指，仍靈活地在琴鍵上彈奏。

他一樣不為所動。

「胡宇晨，拜託你啦！」我嚥了嚥口水，原本以為能有勝算的愉悅，瞬間變成了鬥敗的挫折，「你是我們最後的希望了。」

我看著始終沉浸在音樂裡的胡宇晨，心裡竟突然閃過一絲絲絕望，甚至有一種「可能說服不了他」的念頭冒出來。這種洩氣的感覺或念頭，對別人來說也許並不算什麼，但對於自稱是「打不死的小強」的我而言，卻是很少有的。從小到大，我真的很少因為困難而放棄什麼事情，更別說是任何一點「可能不會成功」的念頭了。

我慢慢將蓋住琴譜的手收回，出神地看著胡宇晨臉上的專注，那種表情讓我忽然感覺很罪惡，好像我任意打擾他的練習，實在是很失禮。

「只要你答應這次的表演，我保證下次不會再煩你了。」

他緩緩睜開眼，吐了一口氣，然後在我面前站起身，「妳聽不懂人話嗎？」

「我知道我這樣很沒禮貌很欠揍，但是拜託你答應。」我再次鞠了個躬。

「到底要怎麼說妳才聽得懂？」他低吼，終於正眼看我，「我沒有那麼多時間做這種沒意義的事！」

「這才不是沒意義的事，只要你答應試試看，你就會發現……」

「發現更多不一樣的感受對嗎？」他不耐煩地接了我的話，「但我不需要這些，我需要的只是把握時間好好練琴！」

「你……」

「請妳出去。」他指著門口，語氣十分不耐。

「你……你不答應的話，我是不會離開的。」我避開他憤怒得幾乎要爆炸的眼神，吞吞吐吐地說完話。

「別以爲我不敢轟妳出去。」

「我才不怕，不過，被你轟出去之前，我一定要說服你。」我別過臉。

「妳給我出去！」他粗魯地抓住我的手腕，強硬地把我拉到門口。

「我不要！除非你答應！」我大叫，另一隻手死命地扳著門框。

「出去！妳已經嚴重影響我了，妳給我出去……」他吼著，拉我的力道愈來愈大，使勁地想把我「請」出琴房，「妳到底聽得懂……」

「啊！好痛！」

他話還沒說完，怒吼聲就因爲我的一聲尖叫而打住。

「好痛……」我壓著額頭，看他沒什麼反應，又故意叫了一聲，「好痛喔……」

他蹙眉，「沒事吧？」

「好痛喔！」我偷瞄了他臉上閃過一絲愧疚，假裝痛得蹲下，誇張地繼續哀號，試圖引起他的愧疚和同情，「眞的好痛喔！頭好暈……」

「我看看！」他也蹲了下來，小心地拉開我壓住傷口的手，仔細檢查我額頭上的傷，「只是有點破皮流血，應該不要緊。」

我盯著他說話時一起一伏的喉結，聽到他那句「不要緊」，開始緊張了起來。怎麼會「不要緊」呢？這可是我最要緊的苦肉計耶！這樣下去怎麼行？

「可是眞的好痛，該不會是腦震盪了吧？」我故意揉了揉太陽穴。

這一次，他沒有說話，只是靜靜站起身，不算溫柔地牽起我的手，要我坐在鋼琴前面。他自顧自地從背包裡拿出面紙，抽出一張，輕輕壓住我額頭上的傷口，「回去擦個藥就沒事了。」

「可是……」我咳了兩聲，並沒有忘記繼續搓揉著太陽穴裝可憐，「我看我休息一下好了，頭昏昏的。」

「隨便。」他簡短地說了兩個字，把面紙放回背包後，也順便將琴譜闔上。

一見他似乎想要離開，我故意大聲地嘆了一口氣，「都還沒找到適當的人選，就撞得頭破血流，頭暈得不得了，站也站不穩，唉……」

他面無表情地瞥了我一眼，一邊動手將琴譜收進背包。

我繼續唉聲嘆氣地說：「腦震盪的話，免不了要休息個幾天，找伴奏的時間都這麼緊迫了，怎麼會這樣呢？唉！」

看他仍然沒什麼反應，我又嘆氣。這一次，他一樣面無表情，還背起了背包。

「我該怎麼對那些天眞無邪的小朋友交代呢？」爲了逼眞，我裝模作樣地再嘆一口氣，心裡盤算著是不是應該來個眼淚攻勢。

「傷口記得擦藥。」

看他走向琴房門口，我急急地站了起來，拉住他背包的背帶，「喂！」

「怎樣？」他停下腳步。

「你沒有回答我的問題耶！」

「什麼問題？」他這才回過頭看我。

「我該怎麼向小朋友交代啊！」

「那不干我的事吧！」

「喂，你很沒同情心耶！」我走到他面前，抬頭看著他的眼睛，「要不是……」

「只有一場表演嗎？」他無奈地咳了咳，打斷我的話。

「啊？」我呆了幾秒，以爲自己聽錯了什麼。

「育幼院的表演，只在園遊會演出一場嗎？」

「嗯。」我不假思索地點點頭。

「練習時間呢？」

「星期三和星期四下午。」

「我只有星期三下午有空。」

「這干我什麼事？」我皺皺眉，正在想他是哪壺不開提哪壺時，我才後知後覺地恍然明白了他話裡的意思，「你答應了？」

「算是吧！」他聳聳肩。

「耶！謝謝你！」我興奮地拉住他的手，甚至興奮到想和他跳一段兔子舞。

「需要高興成這樣嗎？」他翻了翻白眼，表情無奈地收回被我拉著的手。

「那當然囉！這表示我的苦……」

「苦什麼？」

「呃……表示我的苦心感動你了。」我嘻嘻地傻笑，「你都不知道，爲了說服你，我和文文有多辛苦多拚命。」

他點了點頭，要笑不笑地說：「不過，要我擔任伴奏，有兩個條件。」

「什麼條件？」

「我這學期修的兩門通識課，大大小小的報告都由妳負責，妳能做到嗎？」

「沒問題！」我帥氣地比了個OK的手勢，「只要你願意擔任伴奏，要我答應你什麼都可以。」

「但是報告要做到一定的水準，而且絕對要保密，可以嗎？」他揚了揚眉毛。

「OK！沒問題！」

「很好，第二個條件是，每次練習妳都必須在場。」

「我？爲什麼？」我驚訝地看著他，並且迅速地回想這學期的課表。

「我對孩子沒輸。」

「可是我星期三下午有兩堂……」

「那就拉倒，」他無所謂地聳聳肩，「另請高明吧！」

「好啦！我有空啦！」我皺眉，心想先讓他答應了再說，管不了這麼多了。

但其實星期三下午，我排了兩堂必修的通識課，沒有拿到學分的話是必須補修的。

「那成交，這個星期三開始練習嗎？」他問。

「嗯，星期三下午兩點，我在校門口等你，不能晃點我喔！」我瞇著眼，食指在他面前晃著，偷偷觀察他眼神裡有沒有敷衍我的意思。

「想太多，」他輕輕哼了一聲，「沒事的話，我要走了。」

「星期三下午喔！」看他走向門口的背影，我再次叮嚀。

「那天我會順便把我通識課的資料拿給妳。」

「喔，好！」

「還有，」他邊拉開門邊說：「下次別想再用苦肉計搏得我的同情。」

「苦……」我看著他的背影支吾著，「哪有什麼苦肉計啦！」

「妳心知肚明。」他哼了一聲，拉開琴房的門走了出去，留下我一邊因為任務達成而開心，又一邊因為苦肉計被看穿而尷尬不已。

此刻，我才突然發覺，額頭上的小傷口開始隱隱作痛了。

「所以說，妳的苦肉計奏效了？」文文的笑裡堆著驚訝。

「嗯，不過前提是必須完成他開出來的條件。」

「但是我們這學期的報告也很多，」文文憂心忡忡地皺眉，「妳確定應付得來？」

我聳聳肩，不知道該如何回答文文的問題。依我這種篤信「計畫永遠趕不上變化」的個性，根本沒辦法曉得自己到底能不能應付得了，所以，我實在沒有一個好的答案。當下我能想的只是，萬一我沒有答應胡宇晨開出的條件，現在我肯定還在爲了尋件奏而焦頭爛額。

所以，只要能先讓他答應，就算再難應付的報告，我硬著頭皮也必須完成，走一步算一步了。

「別忘了，妳做報告的功力……」文文再次提醒我。

「唉唷！到時候再說啦！」我坐在書桌前，對著小鏡子邊梳頭髮邊對文文說：「千萬別讓他知道，我社會人文課曾經被老師退過兩次報告喔！」

「嘻嘻嘻！」原本躺在下舖的文文坐起身，欠揍地學起她常說我呆到不行的笑法，「他的報告妳最好是用心一點寫，免得有麻煩！」

「我知道啦！」我點點頭，「爲了合作愉快，我會趁早蒐集資料，幫他拿到漂漂亮亮的分數的！」

「那就好！需要我幫忙的話，記得說一聲喔！」

「呵！謝謝。」綁好馬尾後，我特地繫上紅色的愛心髮飾，一方面是小朋友喜歡這種鮮豔可愛的飾品，另一方面，我一直很相信這個愛心髮飾可以帶給我幸運。

尤其今天是第一次要和這個難纏的小天使合作，需要更多的好運，希望能和他相處愉快、練唱順利才行。

「快去吧！時間也差不多了。不過妳啊……」

「嗯？」

「妳眞的要蹺掉下午的課？」文文看著我，皺眉。

「沒辦法啊，可以的話，拜託妳盡量幫我擋一下喔！」

「那有什麼問題！只是……」文文的眉頭皺得更深了，「總不能每次都陪他去育幼院吧！這樣一直蹺課，夜路走多了一定會遇到鬼的。」

「可是，這是我答應他的條件之一啊，他說他對小孩子沒轍嘛！爲了說服他，不答應又不行。」

「難道他沒有其他空檔？」

「目前聽起來是沒有，不過沒關係，」我站起身，背好我的粉紅色包包，「剛開始先遷就他，之後熟一點，再跟他商量看看。」

文文嘆了一口氣，「也只能這樣了，不過妳要記得喔！這兩堂是必修，就算老師脾氣很好，妳也不能常常缺課，免得被當又要重修。」

「我知道啦！」我晃晃掛著草莓吊飾的閃亮手機，「有事再打電話給我。」

「好，希望胡宇晨不會臨時變卦。」

「不會的，妳少烏鴉嘴了。」我朝文文扮了個鬼臉。

「這麼肯定？」

「因爲他是菩薩派來的小天使啊。」

「也對，雖然難纏了點，」文文點點頭，「但是希望妳說過的『菩薩的考驗』到此爲止。」

「會的，一定會到此爲止的。」我伸出食指指向文文，鄭重地強調。

因爲不到此爲止，我也沒轍了……

「遲到了。」胡宇晨瞄了一眼手錶。

我彎著腰喘氣，「和室友多聊了兩句，而且你知道，從宿舍走到門口來還有一段路嘛，呼！好累！」

「遲到就是遲到。」坐在機車上的他，不耐煩地看著我，語氣冷冰冰的。

「好啦！」我抿抿嘴，不想在這話題上打轉，所以只好壓低了音量道歉，「對不起，我遲到了。」但其實我心裡想的是，「只不過遲到兩分鐘，幹麼這麼計較！」

他哼了一聲，似乎也不打算和我爭辯下去，拿出一疊資料，看了我一眼，「通識報告的資料先給妳，交報告的日期都寫得很清楚。」

「喔，知道了。」

「交報告的三天前，報告要先讓我看過。」

「為什麼？這麼不相信我？你自己是多厲害？」我瞪大眼睛，不禁懷疑起自己是不是真的看起來就一副做報告很弱的樣子。

「我做的報告，分數一向很高。」

「那你幹麼要我寫？」我雙手扠著腰，覺得莫名其妙。

「因為我不想浪費時間在這些無聊的報告上。」

「又來了、又來了！」我瞇起眼，生氣地指著他，「功利主義。」

「妳管太多了吧？」他說著，把資料遞給我，「別忘了現在是誰有求於人，還敢這樣囉哩囉嗦的。」

「好嘛。」我小聲地哼了一口氣，提醒自己一切以大局為重。

「資料收好，弄丟了妳自己負責。」

「好啦！」我接過資料，小心收進我的包包裡，「我會在交報告前一天給你過目，這樣總可以了吧？」

「三天。」他比了個「三」，很堅持的語氣。

「三天就三天。」

「不要想打混。」

「放心，我會全力以赴的。」

「那就好，上車吧。」

「嗯。」戴好安全帽後，我跨上後座。

「下次請妳自己準備安全帽。」

「啊？」我偏過頭，看著映在後照鏡裡他的臉。

「那頂安全帽是我向同學借來的。既然以後每個星期三妳都會跟我一起去育幼院，沒理由妳不自己準備吧？」他發動引擎，在紅燈轉綠燈之後越過馬路。

「也對，這是衛生問題。」我點點頭，心想原來他也沒那麼壞嘛……

正想感謝他的貼心提醒時，他咳了一聲，不疾不徐地補了一句話，「我不想害我同學被妳傳染沒智商的毛病。」

什麼？我對著後視鏡裡他的影像吐了吐舌頭，確定他看見我的抗議後，鄭重反駁，

「誰說我沒智商了？」

「不然怎麼整個人的舉止，和做的事情，就是一副沒智商的愚蠢樣？」風很大，但他的話我聽得很清楚。

「喂！我只是、只是……」為了從後視鏡看見他的表情，我微微挪動了身體。

他接過我的話，「只是比平常人笨了一點。」

「你很沒禮貌耶！我只是……」

「只是會什麼辦法也不想，就站在傳單面前祈求菩薩保佑，對吧？」這一次，他同樣接了我的話，讓我沒來得及把話說完。

「哪有！」

當我暗自握緊右拳，想從後面偷襲他時，他冷不防冒出一句話。

「惹我生氣的話，我隨時有可能會反悔喔。」在風裡，他的語調平靜，沒有半點玩笑的意思。

「你……」我深深吸了一口氣，懦弱地收回右拳，退縮地選擇忍耐，「好啦！我就是笨。」

「很好，算妳有自知之明。」

我撇過臉，為了避免激怒他，讓他有機會反悔，我決定閉上嘴巴，不再辯解什麼，視線直盯著路邊一棵棵剛修剪不久的行道樹，一邊在心裡提醒自己，一定要好好完成他的通識報告，爲自己掙回一口氣，讓他知道我王小楠才不是個沒智商的傢伙！

到了育幼院，我迫不及待拉著胡宇晨到教室和孩子們見面。簡單地介紹後，他很快就進入狀況，坐在鋼琴前，翻開玉甄留下的樂譜，趁我還在和孩子們閒聊的空檔，隨意地彈奏起那首好久不曾在育幼院響起的〈快樂地向前走〉。

一切似乎都進行得相當美好，沒想到卻在準備正式練習時，因爲小朋友喊出了一聲「小天使老師」而產生變化。我原本想偷偷溜去找育名聊天，也震懾於他憤怒的眼神，只好識相地留在教室待命，算是遵守之前答應過會陪在一旁練習的約定。

我坐在旁邊，看著開心地張大嘴練唱的孩子，偶爾轉頭看看彈著琴的胡宇晨。雖然他平常冷漠的外表和孩子們的熱情很不搭，但也許因爲琴聲和歌聲的關係，此刻的我，竟然有一種奇妙的感受，我說不上來這種感受是什麼，只是隱約覺得，好像只要有鋼琴、有音樂，那個外表冷漠的胡宇晨，就會在一瞬間變得柔和、變得溫暖。

「今天就練到這裡，」在第N遍曲子結束之後，他的聲音，打斷了我沉浸在合唱聲中的思緒，「剛剛交代提醒過的地方，大家要記住，一定要多練習。」

「好！」孩子們異口同聲地大聲回答，「小天使老師下個星期三也會來嗎？」綁著馬尾的小櫻走到鋼琴前問。

「是啊，所以下個星期我會驗收大家練習的進度。」

「老師放心，」佩珊點點頭，「我們一定會好好練習的。」

「是啊！」小興吸吸鼻涕，鼻子微紅的他十分認眞，「玉甄姊姊來的時候，我們會唱給她聽，她現在不能彈琴，可是她可以告訴我們哪裡唱得不好。」

「玉甄是原來的伴奏。」我小聲地對胡宇晨說明。

「嗯，很好，」他點點頭，看著孩子們，「希望驗收的結果能讓我滿意。」

「會的，」我笑笑地幫孩子們回答，然後從背包裡拿出一包棉花糖晃了晃，轉身對著孩子們說：「今天小天使老師第一次來上課，特地買了好吃的棉花糖請大家吃喔！所以大家要更認眞練習，知道嗎？」大概是聽見了那個綽號，我瞥見他的眉頭不自在地皺了一下。

「知道！」

我轉頭對胡宇晨眨了眨眼，要他別戳破我的話。「玉欣，這包糖給妳發。」

「爲什麼？」他走到我身邊，小聲地用氣音問。

我沒回答他的問題，逕自轉身對玉欣說：「玉欣，來！糖給妳，一定要公平喔！」

「好！」玉欣接過棉花糖，向我道謝後，轉身又禮貌地謝了胡宇晨。

「那小楠姊姊要帶老師去找育名哥哥喝咖啡囉！」我往窗外指了指。

「好！」小朋友異口同聲地回應。

「走吧！」在大夥兒的笑聲裡，我朝一臉疑惑的胡宇晨神祕地笑了笑，「帶你去喝世界上最好喝的咖啡。」

☾

我才剛拉著胡宇晨走出練習的教室，就撞見正好經過的育名。育名笑笑地看了我一眼，然後再將目光停在胡宇晨臉上，「這位是小天……」

「啊！育名！」我打斷了育名的話，對他擠眉弄眼地打暗號，「他叫胡宇晨，這是育名。」

胡宇晨又微微皺起眉頭，但語氣還是維持著基本的禮貌，「我叫胡宇晨，宇宙的宇，早晨的晨。」

「你好，很謝謝你願意來幫這群愛唱歌的孩子伴奏。」育名伸出手，和胡宇晨握了一下，「你們的咖啡我已經泡好了，放在涼亭那裡。」

「喔，謝謝。你要出去啊？」我問育名。

「嗯，等一下和教授有個 meeting，必須先去準備一下。」

「好可惜喔！還以爲可以聊一聊的。」

「會有機會的，先走了。」

向育名揮揮手後，我立刻衝向涼亭，拿起我的專用杯之前，一眼就看見咖啡上撒了巧克力碎片，「小天……呃，胡宇晨，快喝，這就是全世界最好喝的咖啡喔！」

「喔。」胡宇晨點點頭，緩緩地喝了一口。

「很香吧？」隔著木桌，我看著他的臉，期待著他的答案。

「還好。」他冷冷地說了兩個字，然後又喝了一口。

「還好？這是育名特地準備的耶！你竟然說還好……」我看著咖啡上的巧克力碎片，心裡有酸酸的感覺。

因爲我知道，在熱騰騰的咖啡裡撒上巧克力碎片，是育名用來表示歡迎新朋友的心意，同時，也是育名爲了祝賀我順利說服難纏的小天使老師，特別費心準備的。

「你再喝喝看。」

他看了我一眼，又喝了一口，「還好。」

怎麼又這樣回答！

我放下杯子，「怎麼只是還好啊？」

「每個人口味不同，對我來說，這只是普通的三合一咖啡而已。」

「才不是！這才不是普通的三合一咖啡，你沒看見上面撒了巧克力碎片嗎？」我往杯子裡指了指。

「看見了啊，所以？」

「這是育名的用心，結果你竟然只說『還好』……」我站起身，看著前方將要落進山裡的夕陽，「育名的咖啡裡有很多愛心、很多溫暖，是我們這群義工之間最重要的交集了，而且……」

他沒等我把話說完，冷笑了一下。

「幹麼？」我轉身走回他面前，把滿肚子的不開心表現在臉上。

他似乎無視於我的不滿，頭也不抬地逕自喝完他的咖啡，輕輕放下杯子，最後將目光停在我臉上，「我眞的很懷疑妳的智商，這種東西好喝就是好喝，難喝就是難喝，不過是個單純的是非題，妳也能扯一堆有的沒的，這跟愛心溫暖有什麼關係？」

「可是一杯咖啡好不好喝，本來就不純粹是味道的問題啊！感覺很重要！」我加重了語氣強調。

「無知。」

「你這樣才膚淺吧！」我不客氣地瞪他。

爲了合唱表演能有個完美的結局，我的理智總是無時無刻提醒自己，千萬別輕易激怒他，以免他反悔。但此刻，我還是不服氣地批評了他，並且爲了表示對他的不認同，不但對他扮了一個鬼臉，還大聲地哼了一聲。

「無知。」他又重複一次。

「喂！如果你用心品嚐，你就會發現很多的不一樣，也不會這樣踐踏育名的好意。」

「我只是單純表達我的感覺，妳就非得要說這是踐踏了誰的好意嗎？」

「唉唷，不想跟你說了啦！」我撥開他的手，努力克制自己的情緒，並且為了緩和已經快衝到火山口的憤怒，我快步走出涼亭，走到鞦韆旁邊，努力讓自己冷靜下來。

我在熟悉的位置坐下，慢慢地盪起鞦韆。

輕輕的微風、泛在唇邊淡淡的咖啡香，以及前方的夕陽，一切的一切都一如以往。但為什麼我此刻的心情就是無法像往常那樣自在？是因為剛剛一來一往的爭執使得我冷靜不下來嗎？如果真的是單純的憤怒，為什麼我心裡還有一點委屈的感覺？而且又為什麼隱隱約約藏著一種難以言喻的失落感？

我看著又下沉了一些的夕陽，再看了看還坐在涼亭椅子上的胡宇晨，認真地想著這個問題。

「我要回去練琴了。」過了一會兒，他走出涼亭，不耐煩地看著坐在鞦韆上的我。

「再一下下，一下下就好。」我沒有放慢速度，嘻皮笑臉地和他討價還價。

「從剛剛到現在，妳的一下下已經超過二十分鐘了。」

「就再一下下嘛！」

「妳有完沒完啊！」他板起了臉，表情像被倒了幾百萬的會。

「幹麼急著走啦！其實你也可以一起盪一下啊！」我不情願地看著他，盪了一下鞦韆，好不容易才平撫了我剛才心裡的不愉快，這下好心情又被他破壞了。

「這種小孩子的遊戲，我才不要。」他別過臉，夕陽將他的影子拉得好長。

「誰說這是小孩子的遊戲？」我不以爲意地愈盪愈高，「育名也常常陪我盪鞦韆啊！他可是個成熟的大男生！」

「他是他，我是我。」

「盪個五分鐘，重溫一下童年的回憶，又不會少一塊肉。」我撥開被風吹亂了的劉海，繼續盪著。

「兩分鐘。」他手指比出「二」。

「三分鐘啦。」我單手握著鞦韆，另一隻手比出「三」。

「不要拉倒，」他無所謂地聳聳肩，「那妳就自己走一個小時的路回學校。」

「好嘛好嘛！兩分鐘就兩分鐘。」我不甘願地妥協，但看著他已經坐在鞦韆上的舉動，心裡還是揚起了一絲絲得意，就像是在從不打折的店裡，討價還價到老闆終於願意給折扣一樣得意。

我假裝若無其事地盪著，偷瞄了他一眼，再假裝若無其事地看向遠方的夕陽。

就這樣沉默了幾分鐘，我開口問他，「要不要來場比賽？」

「嗯？」他和我以差不多的速度盪著。

「看誰盪得高，怎麼樣？」

「沒興趣。」

「又是『沒興趣』，」我吐吐舌頭，覺得自己根本是在自討沒趣，然後慢慢停下擺盪的鞦韆，「你到底對什麼有興趣？」

「鋼琴。」

「我的意思是，除了鋼琴之外，你還對什麼有興趣？」

「沒了。」

「就只有鋼琴？」

「對。」他冷冷地答了話，也將鞦韆停下。

「你的人生還眞無趣，不會對女人也沒興趣吧？」話還沒說完，我就忍不住竊笑。

他狠狠地瞪我一眼，隨即站了起來，「我眞搞不懂，像妳這種低智商的生物，腦子裡究竟裝了什麼。」

「誰低智商了？」我不甘示弱地站起身，想跟他理論到底，正好看見朝我們走來的佩珊。

「小楠姊姊，幸好你們還沒走。」佩珊開心地揮揮手，小跑步趕過來。

「怎麼了？我忘了什麼東西嗎？」我往涼亭的方向看，確定我並沒有忘了帶走隨身的包包。

佩珊跑得很喘，「不是啦！我們想把這個給小天使老師。」

「嗯？」

「這張卡片，是我們想送給老師的。」

「原來如此……」我笑了笑，看見佩珊走到胡宇晨面前，恭敬地用雙手送上卡片。

「喔。」胡宇晨接過卡片，一點表示也沒有。

我踢了踢胡宇晨的腳，暗示他要有點回應，但他只是勉強地擠出了簡單的「謝謝」兩個字。

「不客氣。老師，你要記得看卡片喔！」

見胡宇晨又沒回應，我再次踢踢他的腳，但這次他沒有配合，而且吝嗇得連個標點符號也沒擠出來，我趕快接了話，「佩珊，小天使老師一定會看的，記得告訴大家，說小天使老師感動得說不出半句話來喔！」

「真的嗎？」佩珊轉頭，看著高出她很多的胡宇晨。

我悄悄拉了一下胡宇晨的衣角，見他仍然沒有打算要表示點什麼，我又用手肘頂他，「快告訴佩珊是眞的啊！」

他看了我一眼，然後轉頭對上佩珊的眼神，「眞的，謝謝你們的卡片，記得多練習合唱。」

「我們會的，謝謝老師。」說完，佩珊禮貌地鞠了躬，踩著雀躍的步伐跑回教室。

「妳眞不是普通雞婆。」佩珊走遠之後，他抱怨著。

「雞婆？」我很不以爲然，「那是因爲你太冷血！只不過叫你收下卡片，給個回應，讓孩子們開心一下，這樣算什麼雞婆？」

「收不收卡片是我的事，妳越界管了我的事就是雞婆，而且我都還沒問妳，幹麼幫我準備什麼棉花糖？」

「因爲我知道你一定不會準備啊！」

「小姐！妳到底能不能抓到我話裡面的重點啊？」他嘆了一口氣，像覺得自己在對牛彈琴般的語氣，「我的意思是，我認爲沒有給糖吃的必要。」

「爲什麼不需要？孩子們表現得好，總該給點獎勵，這樣他們才會更用心練唱啊！」

「如果是眞心喜歡唱歌或音樂，根本不需要任何獎勵。音樂是很奇妙的，絕對不是靠獎勵就能引起所謂的興趣或什麼。事情才不是妳想的這麼膚淺。」他的語氣很冷。

「我只是覺得，他們這麼認眞，給他們一點鼓勵也是應該的啊，我每次來，都會買些餅乾糖果請他們啊！」我為難地皺眉。

「所以下次練合唱，妳一樣也會準備零食來嗎？」他問。

想了幾秒之後，我點點頭，「嗯。」

「那就請妳用自己的名義送給他們吃，不要說是我送的。」

「可是我……」我急忙跟上他的步伐，「你……我……」

「妳怎樣？我又怎樣？」他臉上的表情顯得有些不耐煩。

「沒事。」

「說話吞吞吐吐的很討厭。」

「好啦！說就說嘛！我只是希望你和孩子們能相處得開心啊，而且是你自己說對孩子沒輒的，今天我是為了讓第一次配合的練習圓滿，才會自作主張說是你準備的嘛。」我覺得自己並沒有做錯，一口氣說出了心裡的話。

他長長地吐了一口氣，「所以以後不用再這麼刻意了。」也許是發現我跟他的腳步跟得有些吃力，他稍稍慢下腳步。

「好啦！我知道了。」

「還有，誰准妳讓他們叫我什麼『小天使老師』的？」

看他臉上的不耐煩散去，我才因此稍稍鬆了一口氣，聽到他問的話，又再度上緊發條，「啊？」

「誰准妳讓他們叫我什麼『小天使老師』的？」他重複一次。

「上次我不小心說溜嘴，反正將錯就錯啦！」我做出了一個歉意的表情，想平息他的興師問罪，「我覺得，叫小天使老師還滿可愛，也滿好聽的啊。」

「最好是！」他白了我一眼，走到機車旁邊，「我警告妳，除了在育幼院之外，要是我再從別人口中，聽到這種噁心到極點的綽號，我會殺了妳。」

「好啦！」我敷衍地回應，心想我又不是活得不耐煩了，不然這種捋虎鬚的事，我哪敢再犯？

他發動機車後，對我說：「上車吧！」

「喔。」我點點頭，把安全帽戴上，大步一跨坐上車。

「呼！眞好吃耶！」我滿足地放下湯匙，看著坐在我對面的胡宇晨。

我好說歹說，好不容易才說服他一起來吃一碗紅豆湯圓的。

「狼吞虎嚥的，妳眞的很不像個女生耶。」他把碗裡最後一顆湯圓舀進嘴裡。

「好吃的東西，就是會讓人很想大口大口吃下去嘛！」我嘻嘻嘻地笑了。

「慢慢品嚐不可以嗎？」他強調。在我狼吞虎嚥時，他已經問了好幾遍。

「也對，」我點點頭，想了想，「不過，我好像已經習慣這樣了。」

「吃東西狼吞虎嚥的，一點氣質也沒有。」

「對你這種凡事講究優雅音樂家來說，當然覺得沒氣質，」我聳聳肩，「像我，就會覺得啊，這個東西好吃，就應該要盡情地大口享受！美食當前，還要勉強克制自己細嚼慢嚥的，這樣一點也不痛快。」

「哪來這麼多因爲所以的，歪理一堆。」他放下湯匙，十分不以爲然，「細嚼慢嚥有助於消化，而且吃相優雅是基本的禮儀。」

「是沒錯啦！可是……」我抓抓頭，想起了班上那個在男生面前就會假裝淑女的做作女。

「可是怎樣？」

「可是要違背自己的本性，假裝斯斯文文、慢條斯理地吃東西，感覺好……」我望了他一眼，「好做作，我辦不到。」

「沒那麼誇張吧，只是要妳修正粗魯的舉止，順便養成細嚼慢嚥的好習慣，又不是要妳假裝。」

「我這叫豪邁好嗎？」

「好個豪邁。」他輕哼一聲。

「你不會懂的啦！」我揮揮手。

「這種粗魯的舉動，我是眞的不懂。」他又哼了一聲，拿起背包裡的皮夾去結帳，再坐回位置時，遞了一張面紙給我，「妳的嘴角有東西。」

「喔。」我接過面紙，邊擦嘴角，邊尷尬地想著嘴角上的東西黏住多久了。

「對了，這張卡片就隨便妳處理了。」他把那張未開封的卡片放在桌上。

「什麼？」我挖挖耳朵，心想是不是聽錯了什麼。

「看妳要丟掉還是怎樣，都可以。」

看他準備離開，我一手抓了包包，一手拿起桌上的卡片，急忙跟上他的腳步，「爲什麼要丟掉？這是小朋友的心意耶！」

「小朋友寫來寫去，不就都是那些東西嗎？」

「什麼叫做『不就都是那些東西』？」我把包包背好，拉住他的手臂。

「大概就是什麼『謝謝老師』、『希望下次還能見到老師』之類的話吧！」他說。

「可能眞的是這樣沒錯，可是，卡片裡的每一句話，甚至是每一個注音符號，都是他們的心意，爲什麼你這麼冷漠，連看都不看就要我丟掉？」一把火衝了上來，我激動地把卡片塞進他手裡。

「我說過，我對孩子沒轍，更沒那種美國時間，和他們一來一往地寫卡片。」他冷冷地說，又把卡片放回我手中，「在合唱表演前陪他們練習，是我最大的極限了！」

「看一看他們的心意，又不會怎麼樣！」

「妳煩不煩啊？」他又皺起眉頭，走到機車前戴起安全帽，「請快點戴好妳的安全帽然後上車，我要回去了。」

我氣得動也不動，站在他面前，雙手扠腰，「除非你願意好好讀完卡片。」

「那妳請便。」他不甘示弱地回話，轉動了車鑰匙，發動機車。

「喂！算我求你，你就看一下卡片可以嗎？」看著他臉上的堅決，我突然查覺自己根本沒有任何足以和他談判的籌碼，也沒有立場對他大吼大叫，於是壓抑住自己的憤怒，盡可能和他好好說。

話說回來，看不看卡片是他的自由，我根本管不著，只是，想起佩珊站在我們面前時的天眞笑臉，我心裡就有莫名的使命感，好像非得讓胡宇晨親手拆開卡片才可以。因爲，我也希望他能感受卡片裡的每一份心意。

我實在看不慣他這種冷漠的態度，隱約之中，就是想改變他心裡的什麼。

「拜託你。」我輕握著拳，想讓自己沸騰的情緒緩和下來。

「我看不看卡片和妳沒有關係，」他吐了一口氣，「眞搞不懂妳在固執什麼。」

「其實我也不知道自己在固執什麼。」我苦笑地聳了聳肩，「純粹只是想讓你感受小朋友的熱情吧！」

「雞婆。」

「你到底看不看？」我伸長了拿著卡片的右手。

「妳還眞不是普通的囉嗦耶，歐巴桑。」他蹙著眉，接過卡片，撕開信封上的小熊維尼貼紙，然後小心地把卡片取出，不情願地瞪了我一眼。

「快看啦！」我催促他。

「喔。」他翻開卡片，專注看著裡頭的內容。

我看見他臉上浮現的淡淡笑容，也不由自主地揚起嘴角。

我突然間覺得，也許，他並不像外表那麼冷血無情。

老師走出教室後，我闔上課本，問鄰座的文文，「肚子好餓喔！玉甄要到了嗎？」

「她剛剛傳簡訊過來，說她已經把午餐買好了，等一下就到。」

我點點頭，把課本收進背包，「整個早上都沒吃東西，餓到快虛脫了。」

「再忍耐一下啦！」文文拍拍我的肩，「對了，妳剛剛上課到底在發什麼呆啊？」

「哪有！」我想到剛剛的驚險，「只是想到昨天練唱的情形，誰知道老師就好死不死叫到我。」

「妳不是說練習得很順利嗎？還有什麼好想的？」文文好奇地問。

「嗯，是很順利啊！」我點點頭，「我只是想到練習後發生的事。」

我從育名準備的巧克力碎片咖啡開始，到佩珊送卡片、和胡宇晨一起盪鞦韆，再一起吃了湯圓、最後說服胡宇晨看卡片的過程，一五一十地告訴文文。

「那他最後看卡片了？」

「嗯，我好說歹說之後，他總算不情不願地看了。」我皺皺鼻頭，想起胡宇晨臉上淡淡的微笑。

「達到目的就好了啊，管他是不是不情不願！」文文聳聳肩。

「話是這麼說沒錯，可是也不知道怎麼搞的，我就是沒辦法坐視他的冷漠。」我嘆了一口氣，「每次我們收到小朋友的東西，不是都很開心嗎？」

「對啊。」文文認同我的話，「這個小天使還眞是與眾不同。」

「學音樂的人不是應該很感性嗎？他怎麼正好相反？」

「小楠，他不看卡片是他的事啊，我當然了解妳不想讓佩珊他們失望的心情，可是妳幹麼這麼堅持，非要他看不可？」

「不知道耶！大概因爲佩珊是在我面前交給他的，我好像不自覺就有一種應該要讓他親手拆開卡片的責任，然後……」我搔搔頭，試著釐清心裡的感覺，思考該怎麼樣才能夠清楚表達當時的感受。

「然後什麼？」

「然後……我不太會說啦……」我嘸了嘸口水，「好像就是很想讓他有些改變，不想看他繼續冷血下去。」

「王小楠啊！」文文誇張地摸摸我的額頭，「妳眞以爲他是小天使，然後妳自己是普渡眾生的菩薩嗎？」

「什麼意思？」

「不然妳幹麼這麼博愛，這麼想要『感化』他冷漠的心？」文文雙手合十，一臉欠揍的表情。

「沒那麼誇張好不好？」我白了她一眼。

「喂，妳不會是中了他的毒吧？」

我舉起手，正打算出其不意地敲文文一記時，玉甄走進教室，打斷了我們的談話。

「小楠中了什麼毒啊？」玉甄把三個便當放在桌上，拿起面紙擦拭髮際的汗水。

文文表情曖昧，還故意對我眨眨眼。「小楠的小天使啊！她現在是普渡……」

「妳再亂講，我揍妳喔！」我打斷文文的話，握起拳，在她面前揮啊揮地威脅。

「好啦！剛剛不是有人喊肚子餓嗎？」

「算妳識相，」我接過便當，對玉甄說：「謝謝妳，眞是我們最貼心的小學妹。」

玉甄笑了，「文文說的小天使，和小朋友說的『小天使老師』是同一個人嗎？」

「嗯。」我點點頭，想起玉甄今天早上去育幼院，剛剛就是從那裡過來的。

「早上我去的時候啊，他們還興奮地搶著跟我說小天使老師的事耶！」玉甄說。

「看來他們很喜歡小天使老師喔！」文文先看看玉甄，再將目光停在我臉上。

「是啊！」玉甄點點頭，「連我都有點吃醋了，才幾次沒上課，這麼快就被別人取代了。」

「放心啦，妳在小朋友心目中，是無可取代的！」文文大聲地說。

「對啊！他那麼冷血無情，我們玉甄又溫柔又有愛心，不管是誰，都會比較喜歡玉甄啊！」我打開便當蓋，夾起滷蛋咬了一口。

「謝謝妳們囉！」玉甄溫柔地笑著，小心打開便當盒，夾了一小口青菜放進嘴裡。

「對了，玉甄，胡宇晨他一個禮拜只能去練習一次，所以妳過去育幼院時，還是要稍微讓孩子們唱給妳聽聽看喔！」我邊啃雞腿邊說，突然想起昨天胡宇晨交代小朋友要多多練習。

玉甄先用面紙擦了嘴，才緩緩開口，「沒問題啊！今天他們還迫不及待地要唱給我聽呢！說什麼下次小天使老師來的時候，一定要有進步才行。」

「哇，他這麼有魅力喔？」文文瞪大眼睛，一副不可置信的模樣。

「管他有沒有魅力，至少這樣看起來，合唱一定能表現不錯的。」

「我有同感。」玉甄點點頭，「幾節課沒練了，小朋友還能有這樣的表現，可見這個小天使老師眞的有兩把刷子呢！是我們學校的學生嗎？」

「對啊！」文文點點頭，「叫胡宇晨，音樂系的轉學生。」

「妳認識嗎？」我問玉甄。

「不認識，」玉甄笑了笑，「不過，如果有機會，我應該向他請教一下，說不定對我的轉系考有幫助。」

「對啊，下次介紹你們認識。」文文笑著說。

「不過妳要有心理準備喔！」我瞇起眼睛，「他可是個無情的冷酷鬼，而且……」話說到一半，我的手機鈴聲正好響了起來。

我拿出手機，一看，沒有顯示來電號碼。

「喂？」我歪著頭，給了文文和玉甄一個狐疑的眼神。

「王小楠，是我。」電話那頭的人說。

「啊……喔！」我急忙吞下嘴裡的一口飯，電話中那低低的聲音，我一聽就知道是胡宇晨。

才說曹操，曹操的電話就到！唉，人果然不能隨便說別人壞話。我在心裡嘀咕著，文文用誇張的嘴型問我是不是小天使，我用力地點了點頭。

「好啦！我知道了，我今天要上課到五點十分。」我翻翻白眼，然後和胡宇晨說了再見後，生氣地將手機丟進背包裡。

「怎麼啦？」

「他說下個禮拜五要交報告了，要我趕快去借資料，還說什麼他今天就大發慈悲，陪我去圖書館借書，約我下課後碰面。」

「那還算有良心嘛！還願意陪妳去圖書館找資料。」文文摸摸下巴。

「才不是！他是說，擔心以我的智商，可能連借個資料都不會！」我很不服氣，「說得好像多了解我的樣子。」

「哈哈！」文文不客氣地笑了出來，玉甄也露出微微的笑容。

「不要再笑了啦！吃飯！」我氣結。

「不過，他的報告妳應付得來嗎？」

「嗯，我盡力啦，今天趕快去借書，希望這幾天無論如何都要擠出來囉！」我再咬了一口滷蛋。

「有需要的話，我……」說話之前，玉甄又擦了擦嘴。

「我一定會向妳們求救的，放心！」

「那他的報告……」文文也停下筷子。

「喂！我可以的啦！吃飯皇帝大耶！」我扒了一大口飯，大聲抗議，「不要說妨礙消化的報告啦！」

「也對，吃飯應該輕輕鬆鬆、從容悠哉的才對。」文文應和。

「本來就是嘛！不然會消化不良耶！」我點點頭，難得這時候文文支持我。

「嗯，那我們先吃完飯再說吧！」玉甄笑了，也跟著低頭繼續吃便當。

看著吃相優雅的玉甄，我不自覺地想起胡宇晨說過要「細嚼慢嚥」和「吃相優雅是基本禮儀」的幾句話。

「要借這麼多啊？」我不可置信地盯著桌上的一疊書，小聲地問。

「噓，還有一本。」說完，他邊看手上記錄著書碼的便條紙，邊走到一旁的書架，輕輕鬆鬆地從最高的那一層取出一本紅色封面的中文參考書。

「沒有了吧？」看到他走回來，我問。

「就這樣了。」

『就這樣』，你說得倒輕鬆。」我極力克制自己的音量，用扭曲的表情回應他。

「先去辦借書，等會兒我再稍微和妳討論一下。」他抱起桌上的書，小聲地說。

「喔，好。」我走在他旁邊，看著他到櫃檯前辦理借書手續，然後我在一旁悄悄地算出總共借了七本，有四本特別厚，兩本比較薄，還有一本厚度中等的書。

「走吧！」他微微抬起下巴，指了門口的方向。

「那要到哪裡討論？」跨出緩緩開啓的自動門之後，我問。

「到餐廳好了，我晚一點還要去練琴，就在餐廳邊吃麵包邊討論吧。」

「也好，對了……需要我幫忙拿一點嗎？」他抱著一疊書，雖然樣子看起來很輕鬆，但禮貌上，我好像應該要問他是不是需要幫忙。

「不用，妳該想的，是等一下該怎麼把這些書帶回宿舍吧？」

「對喔……」我抓抓頭，這才發覺該擔心的其實是我自己才對。

走進餐廳，他小心地把書放在桌上，「妳想吃什麼麵包？」

「波蘿。」我最愛吃波蘿麵包了。

「等我一下。」

「嗯。」我點點頭，順手拿了其中一本書翻閱。

一翻開書，看到書裡密密麻麻的超小字體，我馬上有一種「接下來有得受了」的預感，頭開始隱隱地發昏。我對於這種稍稍有深度的書籍，總是無法維持超過二十分鐘的專注力。從小到大，每到段考前一天，媽媽都得要「陪」在我身邊盯著我K書。

我深深吸了一口氣，繼續翻閱著。我愈看心裡就愈焦急，甚至開始擔心做報告時可能面臨的窘境。

我能順利完成，甚至達到胡宇晨要求的水準嗎？

「我看妳這邊的頭髮遲早會掉光。」在我正思考著該如何處理這份報告時，胡宇晨已經買好麵包了。

我停下搔著頭的手，尷尬地看著他，試著轉移話題，「有波蘿麵包吧？」

「嗯，給妳。」他坐了下來，將波蘿麵包和鮮奶遞給我。

「謝謝。」我接過鮮奶，壓下圓孔插入吸管，立刻吸了一口。

「不客氣，」他咬了一口麵包，「快吃吧！」

「喔，」我把剛剛的書推向他，「對了，這些書……不會都要看完吧？」

「妳認為呢？」他放下原本要塞進嘴裡的麵包，揚起眉反問我。

「就是不知道，所以才要問你啊。」我白了他一眼，然後咬下一口麵包。

他一口氣借了這些書，我心裡也曉得當然是要我大致看過了再寫報告，但我就是不死心，想從他嘴裡聽見「選幾本看看就行了」的回答。

「喔。」

「喔什麼啦！到底怎麼樣？」我放輕了語調，期待他的回答。

「歐巴桑，可以請妳先吃完麵包，再好好和我討論嗎？」他一提醒，讓我想起了他「吃相優雅」的那一套論調。

「不要叫我歐巴桑啦！」我不服氣地哼了一聲。

「對喔！」他再次放下麵包，欠揍地點點頭，「歐巴桑可能不至於嘴角沾了鮮奶還不知道要擦掉。」

我急忙擦了擦嘴角，「幹麼不早一點告訴我！」

「我一坐下來妳就講個沒完，我根本插不上話，快點吃吧！」他指了指我的麵包，「等一下快點討論完，我就要去練琴了。」說完，他再次拿起麵包。

「好啦！」我咬了一大口，「啊！」

他睜大眼睛看我，顯然被我的尖叫嚇到，「怎麼了？」

「這是芋頭的！」我連喝了好幾口鮮奶沖淡嘴裡的芋頭味。

「對啊。」他點點頭。

「我不敢吃。」我把麵包遞給他。

「喔……」他右手接過麵包，然後把原本他手上的麵包遞給我，「那我跟妳換。」

「這樣我吃虧耶！」他那塊麵包已經吃掉三分之二了。

「不要拉倒。」

「啊，好啦好啦！」我搶過麵包，不服氣地瞪他一眼。

「這麵包是我出錢買的，再怎麼樣妳也不會吃虧啊！」

「對喔！」我搔搔頭，然後閉上嘴。

「妳最好快點吃完，限時五分鐘。」

「五分鐘喔……」我假裝爲難地看著他，「不過昨天有人告訴我，細嚼慢嚥才有助消化，所以……」

「很好，那妳慢慢吃，吃完我要先走了，至於報告……」他欠揍地摸摸下巴，露出奸詐的表情。

「報告怎麼樣？」

「報告是交換條件之一，妳本來就有義務靠自己的力量完成，原則上，是不需要透過討論的。」

「喂！」我不自覺地拍了桌子，接著看見隔壁桌的人看了我一眼，才發現自己太激動了。

「妳還眞不是普通粗魯。」

「哪有。」我懊惱地皺起了眉。

「有沒有妳自己清楚，妳到底要不要吃快一點？」

「好啦。」

什麼嘛！昨天還說什麼要吃相優雅，今天又要我在五分鐘之內吃完麵包，根本就是雙重標準嘛！我瞇起眼睛，偷偷觀察他，一邊在心裡自言自語著。

終於完成一本了。呼！

我把已經貼好標籤做記號的書放到一旁，看了一眼正在練琴的胡宇晨，他專注地練習，散發出來的氣息像是一道防護網，不容許任何干擾。

我微微挪動身體，舒服地背靠在牆上，拿起另一本參考書，繼續努力找出和報告題目相關的章節。

我翻開參考書，又偷瞄了他一眼，然後突然覺得他原本就很帥的側臉，好像因爲練琴的專注，以及投入在音樂裡的神情，變得更加迷人了。

「妳在發什麼呆啊？」曲子結束，他停下修長的手指，轉頭睨了我一眼。

「哪有！」我皺皺鼻子，想假裝專心查資料時，才發現書早就滑落在地上了，我硬要辯說自己沒在發呆，實在是有點牽強。

「妳最好快點標註完所有可以用在報告上的段落。」

「好啦！」我話還沒說完，他又開始彈奏曲子，我只好自討沒趣地把注意力放在書上，繼續努力。

原本是打算吃完麵包離開餐廳後，就和胡宇晨分道揚鑣的。結果在我自認吃相優雅地啃完最後一口麵包時，他竟然出乎我意料地從桌上抱起了那一疊書，然後說：「我看妳還是跟我一起到琴房去好了。」

我還摸不著頭緒，問他爲什麼，他說因爲這堆書太重了，又接著解釋，說我雖然還不夠資格讓他「憐香惜玉」，但要我一個女生把這疊書扛回宿舍，的確過分了一點。

原來這個胡宇晨並不是真的這麼壞嘛……我抬起頭，偷偷盯著他看，在心裡揣測他會不會是受到了菩薩的感化，才會有這樣「慈悲爲懷」的舉動。

「妳盯著我幹麼？」他手還彈著鋼琴，小聲問我。

「啊？」我回過神，發現自己嘴角上揚得詭異，於是趕緊收回笑容。

「專心看妳的書。」他說完，又閉上了眼睛。琴房裡的樂音沒有因爲他閉上眼睛而停下，依舊流暢地在他指尖跳躍著。

「胡宇晨。」我輕輕喊了他的名字，「胡宇晨。」喊了兩聲，他並沒有理會我，我只好繼續看書，在可以使用的段落做上標記。

他練他的琴，我在一旁，埋頭在書堆裡，仔細地爲報告做準備，就這樣過了大約一個多小時的時間，我們像身處在不同結界中的兩個人，沒有再多說一句話。

這首曲子好好聽喔，旋律舒服得讓人聽了好放鬆……

我打了一個大大的呵欠，眞的好舒服喔，好想在這鋼琴聲中睡一覺。

「喂！」胡宇晨用腳輕輕踢了我。

「啊！」我疲倦地揉揉眼睛，看著站在我面前的胡宇晨。

「這樣也能睡著，眞服了妳。」

「對不起，因爲、因爲你的琴聲很優美，讓人不自覺放鬆了，然後，我就神遊起來了……」我站起身，尷尬地解釋，心裡懊惱著怎麼又在他面前睡著。

他哼了聲，「我果然是對牛彈琴。」

「什麼對牛彈琴啦！我是懂欣賞，而且是相當投入的欣賞耶。」我雙手抱胸。

「欣賞？眞正懂得欣賞的人，應該不會睡著還睡到流口水吧？」

我反射性地擦了擦嘴角，發現自己根本沒有流口水，才知道自己又上了他的當，

「少破壞我形象。」

「妳還有形象嗎？三番兩次在琴房睡著就算了，吃相又這麼可怕。」

「隨便你怎麼說啦！」我不服氣地別過臉，因爲看見那一堆可怕的參考書，我才又

想起自己的重責大任，「對了，這些書應該不用全部都看吧？」

「都要看，妳問再多次答案也不會變。」

我白了他一眼，心裡的惡魔好幾次都想衝出來給他一拳。要不是每次都沒有得到我想要的答案，我會這麼老人痴呆一問再問嗎？哼！

「我知道了啦，咦？你練完了嗎？」我指了指鋼琴。

「嗯，差不多了，回家再繼續練。」

「回家還要練啊？」我瞪大了眼睛，「你住的地方有鋼琴？」

「為了練琴，我租了一間擺得下鋼琴的小公寓。」

「喔……」我點點頭，「不過，我以為像你這麼厲害的人，只要利用下課的空檔在琴房練習就夠了。」

「並不是，」他臉上笑容淡淡的，「每一種專長，都需要持續不懈地努力。」

「我知道，就像運動員也是。」

「嗯，」他點點頭，除了認真的神情之外，他臉上的淡淡笑容並沒有放下，「音樂是很深奧奇妙的，一個不努力或不小心，你就會退步到自己都不敢相信的地步。」

「有這麼誇張喔？」我搔搔頭。

「嗯，是真的。」

「對了！沒有譜的話，光是聽過旋律，你彈得出來嗎？」

「應該可以，也許不會這麼順，但大致上不會有問題。」

「那你可以彈一首歌給我聽嗎？自從玉甄手受傷後，就有好一陣子沒有人能讓我點播歌曲了。」我嘟起了嘴。

「這不包括在擔任伴奏的工作中吧？」

「當然不是，不過……拜託啦！」我嘻皮笑臉地。

「妳想聽什麼？」他問我，出乎意料地乾脆。

「點什麼都行？你都會彈嗎？」

「應該吧。」他點點頭。

「那你應該聽過孫燕姿的〈天黑黑〉吧？我想聽這首。」

「不要。」他不假思索地拒絕了。

「那范瑋琪的〈因為〉？」

「不要。」他搖頭。

「拜託！」看他不為所動，我雙手合十地請求，「拜託啦！」

「不要。」他再次拒絕。

「是你說我要聽什麼都行的啊！」我咬著牙，滿肚子的莫名其妙。

「我不彈流行歌曲這種靡靡之音。」

「靡靡之音？才不是呢！」我抬頭看著他，「之所以流行，就是因為符合時代的潮流嘛！你這麼不流行，也未免太落伍了吧。」

「囉嗦！妳這個歐巴桑，反正我就是不彈流行歌。」

「幹麼分得那麼清楚啦？不管是你的什麼蕭邦、莫札特，或是我喜歡的孫燕姿、周杰倫，任何一種類型的曲子都是音樂，不是嗎？」

「隨妳怎麼說，總之除了流行音樂，妳想聽什麼都行。」

「可是……」我抓抓頭，陷入了爲難。

「可是什麼？」

「可是我比較熟的音樂，就只有這些你所謂的靡靡之音耶！」我小聲地反駁，想起自己音樂素養的缺乏，說得出來的曲子其實少得可憐。

「那就算了，」他走回鋼琴前，將琴譜放進背包裡，「走吧！」

「胡宇晨，不能通融一下嗎？這些流行歌有很多都很好聽啊！」

「我沒說流行音樂不好聽，」他拉起背包的拉鍊，「我只是覺得妳直接聽專輯，或是相關的鋼琴演奏ＣＤ就可以了，不需要我浪費時間彈吧！」

「這樣比較有臨場感啊！況且彈一下又不會浪費多少時間。」這一次，他背起背包，然後走到一旁，將我們從圖書館借來的書疊好後抱著，「走吧。」

「喂，不然我們做個約定，」我也跟著拿起包包，見他沒有反應，我自顧自地說：

「如果這次的報告能讓你滿意，你就彈〈天黑黑〉給我聽。」

「再說吧！」他聳聳肩，走出了琴房。

「那就算約定好了喔！如果我順利寫出讓你滿意的報告，你就彈〈天黑黑〉給我聽。」我跟上他的腳步。

我一時興起，要胡宇晨彈一首歌給我聽，說起來其實好玩的成分居多，但經過剛剛在琴房和他的一番拉鋸，我發現自己竟然沒來由地堅持了起來。

「寫出能令我滿意的報告，原本就應該是妳的責任吧？」他瞥了一眼走在他身邊的我，眼神裡的銳利，永遠像能立刻看穿我的詭計。

「呃……是責任沒錯啊！不過，」我嘻嘻嘻地笑了笑，「有獎勵的話，也能激勵我把報告做得更完美嘛！」

「再說吧！」

「唉唷！通融一下啦！爲了你完美的報告。」我瞇起了眼。

「不要。」他睨了我一眼，「回家聽演奏專輯。」

「拜託啦！」

「妳眞的很囉嗦耶！」

「說我囉嗦也好，罵我歐巴桑也好，反正就請你答應彈一首給我聽嘛！」我認眞看著他臉上表情的軟化。

「報告得讓我很滿意才行。」

「沒問題，一定會讓你滿意的。」我點點頭。

「要『很』滿意。」他在「很」字特別加重了語調。

「喔，好啦！很滿意就很滿意，而且是無懈可擊的滿意好不好？」

「我拭目以待。」

「嗯，那我就……」我搔搔頭。

「妳就怎樣？」他揚著眉。

「我洗耳恭聽。」我話一說完，才發現成語造詣一向不怎麼好的自己，又用錯了成語，我企圖用傻笑來掩飾自己的尷尬，心裡同時有一種想鑽進地洞裡的衝動。

他笑出聲來，「洗耳恭聽不是這樣用的！妳有沒有讀過國文啊？」

「唉唷！我的意思是，我會全力以赴寫好報告，等著你精彩的演奏。」爲了挽回一點形象，我刻意用了「全力以赴」四個字，想證明一下王小楠的腦子裡裝的不是豆腐。

「好，妳就全力以赴吧！幫我寫報告的時候，能不用成語就盡量不要用。」他又笑了，彎彎的眼角很可愛。

「喂！你很過分耶！」

「剛剛好而已。」

「人家只是一時口誤嘛。總之，就這樣說定囉！」我大步一跨，跑到他面前，轉過身來面對他，倒退著走，「到時候機車的脾氣不要又犯了，又給我反悔喔！」

「這妳放心，我一向說到做到的。不過說也奇怪……」他停頓了幾秒，把抱著的書稍微疊整齊一點。

「什麼奇怪？」

「好像從我們認識開始，妳就爲了不同的事情，老是拚了命說服我喔！」他因爲被書擋住視線，微微偏過頭看我。

「好像是耶！」我嘻嘻地點了點頭，走到他旁邊。

「然後，我現在才發現，我好像每次都妥協了耶。」他皺皺眉，「這樣感覺起來，我好像太好說話了一點。」

「好說話？」我不自覺提高了音調，差點因爲這天大的笑話笑彎了腰，要是連他這種人都能算是好說話，那全天下的人應該都沒個性了吧。

「從擔任伴奏開始，我好像什麼都答應了不是嗎？」

「是啊。可是，這根本不是因爲你好說話，」我揮揮手，很不以爲然地，「是我的誠意打動了你，還有……」

「還有什麼?」

「還有菩薩的保佑。」

「哈!那我問妳!下一次妳又想用妳的誠意說服我什麼?」

「暫時沒有。」

「很好,最好都不要再有了,我討厭歐巴桑成天在我耳邊囉囉嗦嗦的,而且我要花更多時間練琴才行。」

「知道了啦!」我不耐煩地揮揮手。這時候,手上的串珠手鍊不小心勾到垂在胸前的頭髮,晶瑩剔透的珠子就這樣隨著斷了的細線散落在地上。

我趕緊蹲了下來,用最快的速度把珠子一顆顆撿起來,而一旁的胡宇晨也手腳俐落地把抱著的書放下來,認眞地幫我撿回珠子。

「唉唷!」一不小心,我和胡宇晨撞個正著。我摸著發疼的額頭,痛得喊了出來。

他也揉了揉自己的額頭,盯著我問,「沒事吧?」

「沒事。」我邊回答,邊伸手撿起他腳邊的一顆珠子。

我蹲在原地,看了看四周,認眞地尋找珠子。當我站起身,準備去撿一個滾到一旁的珠珠時,因爲貧血的關係,一瞬間引起微微的暈眩感,差點沒站穩。

「怎麼了?」胡宇晨也趕緊站起來,伸手扶我一把,「不舒服嗎?」

我搖搖頭,對著他笑一笑,「只是貧血,沒事的啦。」然後往旁邊走了幾步,撿起剛剛看到的那顆珠子。

「妳坐著休息一下好了。」他指著一旁的矮墩。

「沒關係啦！」邊說，我又眼尖地發現了目標，走到花圃旁邊撿起一顆，「我想全部找回來，再重新串一串。」

「找不到的話，再買一條就好了啊。」

「買不到的，」我不忘繼續找尋目標，「這條串珠手鍊，是高中畢業的時候，我和一群死黨約好，日後相見的『信物』耶！」

「眞搞不懂妳的腦子到底裝了什麼，什麼時代了，還信物呢！」

我不以爲然地吐了吐舌頭，「我也搞不懂你這種人怎麼會這麼冷血無情啊！唉呀！反正我一定要找齊就對了。」

他嘆了一口氣，看起來頗爲無奈，拉著我走到矮墩前，「那妳坐在這裡休息一下，我來找。」

「一起找比較快啊！」

「等一下萬一妳昏倒怎麼辦？」他微皺了眉。

「不會啦！只是有點暈，不是眞的會昏倒啦。」

「反正妳坐著就對了，」他伸出手壓在我肩膀上，堅持要我坐下，「我再找找看。」

「可是……」

「不要再可是了，妳安靜一點就對了。」

「喔……」

他應該是冷漠的，不是嗎？怎麼現在我卻在他臉上看見了擔心的神情呢？

他一下子站起來，一下子又蹲下，連撿了兩三顆珠子。坐在一旁的我，出神地想著他究竟是怎麼樣的一個人，一面偷偷地觀察他。他也許只是嘴巴壞了一點，內心還是有他善良體貼的一面吧！我這樣想著。

「如果眞的找不到，乾脆再買一條新的好了。」

「買不到了，每一條都是我們許下願望親手串成的。」

「那沒撿齊也沒關係吧，少個一兩顆還是可以串好啊。」

「少了一顆就不是我們的信物了啊！」我不自覺地嘟起了嘴。

「本來應該要有幾顆？」

「七十二。」

「這數字有什麼特別的意義嗎？」他站起身，走了幾步，又從我旁邊的矮墩下撿起一顆。

「那時候，我們準備要畢業了，大家都希望自己進入大學後，能像醜小鴨變天鵝一樣成長蛻變，像蔡依林那首〈看我七十二變〉一樣啊！」

「原來如此。」他點點頭，淡淡地笑了，接著他又開口，「不然妳先算一算現在撿到幾顆好了。」

「好。」我點點頭，覺得他說得很有道理。

我請他從我的包包裡拿出白紙，摺了個小紙盒，把珠子放進紙盒中，仔細地數著。他在一旁，繼續尋找剩下的珠子。

「現在總共是六十八顆。」數了兩次確定之後，我對胡宇晨說。

「六十八？」他拍拍自己的額頭，很傷腦筋的樣子，「果然還是沒有完全找到。」

「我也來幫忙找好了。」我小心地把算好的珠子放好，站起身繼續努力。

「六十九、七十。」他喃喃自語地邊撿邊數。

「啊！七十一！」我得意地撿起了第一顆珠子，開心地放進紙盒中。

又過了好一會兒，我們找得都熱出汗來了，但就是找不到最後一顆珠子。

「到底會滾到哪裡去啊？」我繼續搜尋，試著走到稍遠一點的地方找找看。

「王小楠！往前走一點，看看那株小花旁邊亮亮的東西是不是。」

「喔，」我一眼就看見他指的地方，興高采烈地走過去，「啊，不是耶。」

「看來，」嘆了一口氣之後，他說：「應該是找不回來了。」

「可是我……」我爲難地看了他一眼，「那你先回去好了，我想再找一找。」

「不是我不想幫妳找，只是這根本就是大海撈針嘛。」

「可是明明就掉在這附近啊！不可能找不到的。」我不服氣地嘟起了嘴，既然就掉在這附近，不可能憑空消失才對。

「不然，改天我陪妳到市區，去那間規模很大的手工藝品店找找看，說不定有款式類似的替代品，好不好？」他認真地看著我，表情看起來像在哄小孩一樣。

「喔……」

「走吧！」他擅自做了決定，走到那疊參考書前，把書抱了起來。

「好吧！」

「妳最好把紙盒裡的珠子收好，再掉了的話，我可沒那個美國時間陪妳找喔！」

「喔，知道了啦！」我無奈地白了他一眼，把撿回的珠子收好，跟在他身後，不情願地走向女生宿舍。

「妳自己抱得上去吧？」他停下腳步，站在女生宿舍的大門前。

「萬一我抱不上去，難道你要男扮女裝幫我扛上去嗎？」我反問。

「不要。」

我攤開手，「給我吧！宿舍有電梯可以搭啦。」

「來！」他小心地把書交到我手上。

「謝謝。」

「下次練完合唱，再陪妳去手工藝品店好了。」

「眞的嗎？」

「嗯，」他點點頭，「不要難過了，我想，妳的菩薩既然沒讓妳找齊珠子，一定有祂的用意在。」

從他口中聽到關於菩薩安排的這種話，我忍不住噗嗤地笑了出來。

「笑什麼？」他抿起了嘴，不客氣地瞪我一眼。

我搖搖頭，「沒事。」

「沒事就好，看完這些書，請妳多花點心思完成報告。」

「我會的。」說完，我使出吃奶的力氣捧著書，一句話也不敢多說，趕緊轉身走進宿舍大門。

回到寢室，才剛剛放下那一堆書，我就急著把剛剛撿回的珠子裝進空瓶子裡，趴在書桌前，盯著眼前的小瓶子看，想起很多高中時瘋狂的事，也想起了幾個死黨聚在一起串手環的畫面，然後，我腦海裡浮現的，是爲了幫我找回珠珠，陪我折騰了好一些時間的胡宇晨。

或許他眞的沒有我原本以爲的這麼冷漠吧！我回想起認識他的經過，這時文文正巧打開門走了進來。

「小楠，妳幹麼對著瓶子發呆？」文文走到書桌前，拿起桌上的小瓶子，「這些珠珠是……」

我抿抿嘴，舉起左手，在文文面前晃了兩下，「勾斷了，珠子散了一地。」

「都撿回來了嗎？」

「還差一顆，我和胡宇晨怎麼找都找不到。」

我聳聳肩，心裡有些無奈，也告訴了文文事情的經過。

「這樣聽起來，這個小天使並不是真的那麼冷漠嘛！而且……」文文曖昧地笑了笑，「還滿體貼的喔！」

「怎麼說？」

「妳只不過是貧血的小暈眩，他就堅持要妳坐著休息，這不是很體貼嗎？」

我點點頭，「那時候我其實也有一點驚訝，坐在旁邊，看他專心找珠子的樣子，我就在想，原來他還是有熱心的一面。」

「嗯，」文文想了想，認眞地點點頭，「把他列爲頭號觀察對象好了。」

「最好還做研究紀錄啦！」我對文文扮了個鬼臉，把瓶子收進抽屜裡。

「等珠珠買回來了再重新串好吧！」文文到現在才終於放下背包，指指我放在她床上的那疊書，「哇，小楠，妳寫自己的報告都沒這麼用功耶！」

「哼！」我瞪著文文，「我也不想啊！」

「這次爲了育幼院的小朋友，妳的犧牲也夠大了。」文文抿抿嘴。

「爲了小朋友，都値得的。看到這一大疊書的時候，感覺眞的很無力，偏偏胡宇晨還規定一定要用到全部的書，我簡直要嚇昏。」

「一、二、三、四……這七本書都要用到？」

我聳聳肩，「是啊，報告還要讓他過目，直到他滿意爲止，超機車的。」

「聽起來是機車了一點，」文文點點頭，微嘟了嘴，「不過就他願意陪妳找珠子，又會考慮妳能不能把書搬上樓的表現看來，我想，他確實是個體貼的人喔。」

「嗯……」我抓抓頭，文文這麼一提醒，我也覺得好像有一點道理。

胡宇晨今天不知道是吃錯什麼藥，突然變得出奇地有良心，除了陪我撿珠子之外，在圖書館借書到餐廳吃完麵包後，他還因爲怕我抱不動書，提議要我先跟著他去練琴，練完琴，他可以幫我把書帶回宿舍。到宿舍門口，他也好心問我有沒有辦法抱得動。根據他一向的表現，那種關心的話，根本不可能從這種冷漠的人嘴裡說出來才對。

「所以……」文文的話打斷了我的思考。

「所以怎樣？」

「所以我說，妳根本就是感化他的……」

我不客氣地推了文文一下，她唉唷地叫了一聲後，我還誇張地做了個嘔吐的表情，

「少噁心了妳，妳幹麼不說，是連菩薩也看不過去他一直以來的機車？」

「好啦！一定是妳的誠意感動了菩薩，這樣可以嗎？」文文皺皺鼻頭，看我臉上的緊繃緩和了一些，開玩笑地說：「不過，妳剛剛幹麼不硬拗小天使男扮女裝，把書抱上來就好？」

「才不要！如果他連男扮女裝都比我們漂亮，那我不就丟臉了？」

「拜託，妳王小楠眞要好好打扮起來，隨隨便便也打敗系上一堆人好不好，妳竟然擔心一個男扮女裝的小天使？」文文誇張地睜大眼睛，一副我說了什麼無知的話一樣。

「咦，男扮女裝？」我瞇起眼，終於發覺這其中的不對勁，這不是剛剛我和胡宇晨在宿舍門口的對話嗎？

文文剛剛也說到，胡宇晨體貼地考慮到我搬不搬得動書，她怎麼會……

「妳偷聽我們說話嗎？」把一切歸納完畢後，我伸出食指，指著文文的鼻子。

「天地良心喔！」文文拉開書桌前的椅子，坐了下來，「我光明正大站在旁邊講手機，是妳忙著和妳的小天使說話，完全忽視我的存在耶。」

「是嗎？」

她認眞地點點頭，「當然，我還向妳揮手耶，是你們兩個完全旁若無人，我有什麼辦法？」

「眞的嗎？」我靠近文文，瞇起眼，觀察她臉上詭異到不行的表情。

「當然，」她再次點點頭，又學起我的嘻嘻傻笑，「我只是後來偷偷躲到柱子後面去而已啊。」

「我就知道，哼。」

「哈哈！我只是不忍心破壞你們融洽的相處嘛！」

「哼，偷聽鬼。」

「小楠，根據我剛剛短暫但精闢的觀察，我覺得他應該不是冷漠的人喔！」

「也許吧！」我聳聳肩，「總之是個陰晴不定的怪人啦！一下子說吃相要優雅，一下子又要我在限時之內吃完麵包，雙重標準嘛！」看文文一臉疑惑的樣子，我於是把今天在餐廳發生的事向文文說了一遍。

「所以……」文文瞪大眼睛。

「所以他就是莫名其妙雙重標準。」

「不、不是啦！」文文嚥了一口口水，「我想說的是，你們才認識沒多久，就已經間接接吻了？」文文的眼睛睜得更大了。

「什麼間接接吻！」我這次不客氣地敲了文文的頭。

「這樣、這樣啊，」文文在嘴邊誇張地比手畫腳，「還不算間接接吻嗎？」

「妳明明知道我根本不在意交換東西吃的啊！我們不也常交換東西吃嗎？那我們不早就間接接吻好幾百次了？」

「唉唷！兩種情況又不一樣！我們是好朋友嘛，他可是帥氣的小天使耶！」

我白了文文一眼，「有什麼差別？」我當時只擔心，如果不跟他交換吃，就得硬著頭皮吃掉噁心的芋泥，完全沒想得太多。

「是嗎……」文文湊近我的臉，像在檢查我眼睛裡有什麼一樣，「沒有不一樣嗎？」

「當然啊。」我用力點點頭。

「那爲什麼一說到和他間接接吻，妳就臉紅了？」

「臉紅？」我提高音量，「怎麼可能！」

「嗯哼，不信妳自己照照鏡子囉。」表情欠扁的文文，隨手拿了桌上的小梳妝鏡湊到我面前。

「我怎麼可能臉紅嘛！」我別過臉，滿肚子的不相信。

文文輕哼了一聲，仍然把鏡子擺在我面前，「不信妳看嘛！」

「看就看，那樣根本就不是什麼間接接吻，我怎麼可能……」我不服氣地接過鏡子盯著看，音量不自覺地愈來愈小。

我難以置信地眨了眨眼，還揉揉眼睛，再次仔細看看鏡子裡紅著臉的自己。

沒想到，不只是臉頰，我竟然連耳根子都微微地泛紅著……

照理說，在趕報告的非常時期，一結束陪孩子們畫圖的時間，我就應該謹記文文的叮嚀，盡快趕回宿舍，將自己和胡宇晨的報告完成。但我實在太想溜鞦韆了，於是收好小朋友的作品後，就像往常一樣，走到外頭去盪鞦韆。我原本以爲可以和育名喝杯咖啡聊聊天的，但育名因爲在趕論文，沒時間到院裡來。

我邊想，邊慢慢地盪著，用熟悉的弧度感受眼前熟悉的一切，迎著涼涼的微風，迎著能讓自己放鬆的空氣。

看著眼前飄過幾朵淡淡白雲的天空，胡宇晨的臉突然浮現在我腦海。我想起這幾次下來，胡宇晨和小朋友在合唱練習時的相處，然後不自覺地笑了出來。

和其他義工比起來，胡宇晨和孩子們的互動確實是少了一點，說的話通常只針對指導合唱。儘管胡宇晨的話很少，但和小朋友相處時，似乎比平時柔和許多。他漸漸開始會因爲小朋友鬧出的笑話而會心一笑，至少他不再是那副酷酷的、惜話如金的樣子，而且有好幾次，我眞的在想，如果他再有機會收到卡片，也許不需要我的說服，他就會主動把卡片拆開，眞心地看孩子們在卡片裡寫給他的留言。

想著，也許因爲太舒服的關係，我打了個大呵欠，幾天下來同時趕好幾份報告的疲倦被風吹散，像這樣再盪一下鞦韆，吹吹風，一定很快就能有滿滿的力氣，完成明天得交出去的兩份報告。

其中一份，是胡宇晨的通識報告，還是令我頭發昏的音樂欣賞課報告。上一次的報告，在胡宇晨的要求下前前後後修改了好幾次，在我幾乎要被他的完美主義打敗，準備棄械投降時，他才終於點頭，同意讓我把報告交出去；那次的報告讓我覺得挺幸運，因爲聽說後來誤打誤撞拿了個很不錯的分數，這總算證明我王小楠寫的報告其實也能達到一定的水準，也讓我在胡宇晨面前的地位升級，不再只是個「沒智商的傢伙」。我更得意的是，原來，就算我沒有老老實實參考完那疊堆起來嚇死人的書，也可以成功地矇混過關，甚至還能看到胡宇晨檢查報告時，嘴角上揚的滿意表情。

我把鞦韆愈盪愈高、愈盪愈高，當鞦韆停在最高點，再慢慢盪回來時，我才發現，報告的成績好壞，好像已經不是我在意的重點，反而是胡宇晨的認同，才讓我感到一絲絲竊喜和得意。

怎麼會這麼奇怪呢？我要胡宇晨的認同幹麼？眞是莫名其妙。

我輕輕嘆了一口氣，將這種奇怪的感覺歸因於自己太愛面子、不想成爲胡宇晨笑柄的關係。當我緩緩停下鞦韆，包包裡的手機正巧響了起來。

「喂，文文啊！」

「是啊。小楠，妳還不回來趕報告？」文文用一種大驚小怪的聲調問我。

「我想先盪一下鞦韆嘛！等一下就回去了。」這種解釋，讓我覺得自己好像偷跑出去玩，結果被抓個正著的小孩。

「我要跟妳說，那個歷史人物簡介的部分啊！參考書目一定要寫清楚才行喔！而且最好附上一些影印資料做補充！」文文一口氣講了好多話。

「是喔！」我皺了皺鼻子，背好包包，「難道不能從網路上抓資料來用嗎？」

「剛剛俊昇說，因爲上一屆的學長姊用網路資料用得太多，所以這一次老師要求特別嚴格啊！」

「所以……」我嘆了一口氣，「所以我回宿舍之前，應該先去圖書館印一些資料，抄一些書目對不對？」

「對啊！」

「唉，好麻煩喔！眞想放棄算了。」

「放棄？我有聽錯什麼嗎？」文文又大驚小怪了起來，「這種話怎麼會從打不死的小強嘴裡說出來？」

「妳沒聽錯！」我無奈地皺起了眉，「我上次幫小天使寫報告拿了高分，本來還得意得不得了，現在心情馬上就從高點跌到谷底，感覺很差耶。」

「唉唷！廢話少說啦！妳先快去圖書館印資料，然後趕快回來，我自己的報告只剩最後一點點，弄好就可以幫妳了。」

「文文妳眞是我的救星耶！」我不自覺地笑了，心裡有滿滿的溫暖。

電話裡，文文哼了一聲，「少噁心了啦！妳快回來就是了，別忘了妳還有小天使的報告要寫。」

「好啦！」我邁開腳步，「那我掛電話囉！」

「路上小心。」

「我會的。」我闔上手機，正打算收進包包，鈴聲又響了起來。我納悶地按下通話鍵，「喂？」

「小楠，剛剛忘記問妳，這次小天使要交的，是音樂欣賞課報告嗎？」

「嗯。」

「真是的，妳怎麼一點都不緊張，還有時間在那裡溻鞦韆？」

「音樂報告要用的參考書籍，那天胡宇晨已經拿給我了，他說只是個小報告，大概就是寫一個作曲家的生平，再介紹一些曲子什麼的吧！」

「妳確定？」文文的聲音提高了八度。

「應該吧！」

「我的大小姐啊！真受不了妳的天真樂觀耶！我問妳，小天使是什麼系的？」

「音樂系啊！」我不假思索地回答。

「所以妳覺得，對他來說，這種通識等級的音樂欣賞課報告，會有什麼難的？他當然會說這是小報告啊。」

「對喔……」我抓抓頭，忘了音樂欣賞這門課對胡宇晨而言，根本不算什麼。

「而且這種報告，總不能只是介紹作曲家，當成歷史人物傳記在寫吧。」

「什麼意思？」我被弄糊塗了。

「一定要形容一下他的作曲風格啦，最好還要加上一點對曲子的想法。」

「是喔……」我的樂觀被文文的話一針戳破。

「現在知道事情嚴重了吧！」

「好煩喔！」我抓抓頭，的確慢慢想懂整件事有多棘手。

「唉！總之，妳就用最快的速度，去圖書館印好資料，然後快點回宿舍啦！」

「我知道了。」

「如果不行的話，再問問玉甄關於音樂方面的資料囉！」

「嗯，我掛電話了！」

「動作快一點。」文文再次叮嚀。

「好啦。」我收了手機，快步走出育幼院。

「大功告成。」坐在我旁邊的文文移動滑鼠，按下列印鍵。

「謝謝，眞是太愛妳了。」我勾著文文的肩，由衷地說。

「嘻嘻！」文文又學了我的傻笑，「我的大小姐，我也很愛妳啊！不過不跟妳要杯珍珠奶茶當酬勞，就實在是太對不起自己了。」

「好啦！明天就請妳喝一杯特大杯珍奶。」我看著文文，微微地笑了，珍珠奶茶是文文這陣子最愛的飲料。

「還要加一塊雞排喔。」

「那有什麼問題！」我吐吐舌頭，其實就算文文獅子大開口，要一百份雞排，我也不會有第二句話。

「小楠啊，小天使這次怎麼這麼放心？你們不是說好，報告完成都要事先讓他過目的嗎？」文文歪著頭，疑惑地問我。

「是啊！」我點點頭，「可能是上次表現得太好，他對我的表現很放心吧。」

「少得意了妳！」文文打了個大呵欠。

「唉唷，其實是因爲他最近在忙一個活動的伴奏，也抽不出時間來，所以他才會事先畫好重點把書給我啊！」

「原來如此。呼！我從下午開始就坐在電腦前面坐到現在，我想先去洗個澡提提神，再和妳繼續奮鬥小天使的報告囉！」

「嗯，快去吧！」我轉頭，繼續將胡宇晨畫好的重點打進檔案裡。

看文文搥著肩膀，她肯定是坐在電腦前太久，又腰痠背痛了吧！下午找好資料回到宿舍後，我和文文便開始如火如荼地趕報告，文文完成自己的報告之後，爲了我，犧牲難得的甜蜜約會，連休息喘口氣的時間都沒有，就又加入了我的戰局繼續奮鬥。一直到剛剛，印表機緩緩地列印完我的報告，她才離開電腦前，嚷著非得去洗個舒服的澡不可。

我瞄了一眼寫著我名字的報告封面，心裡被一種滿滿的感動充斥著。自從與文文成了同學兼室友以來，她對我的關心和協助從沒有少過。文文總是在我最需要幫忙時，義無反顧地伸出援手。

文文和我，都是臨時抱佛腳趕報告的慣犯，但聰明的文文通常都能夠很快抓出老師規定的重點，在最短的時間內完成一篇「看起來很用心」的報告，而沒有文文那麼聰明、一點也不擅長做報告的我，經常都需要文文的幫忙才能完成報告，不至於慘遭退件的命運。

有時候我會想，我的如果大學生活裡沒有文文，搞不好根本混不到現在。說不定第一個學期，就可能因爲報告寫得太差而被退學了吧，唉！

啊！我用力地搔搔頭，將自己飄太遠的思緒拉回到電腦螢幕上，大聲唸出書中的字句，好讓自己專注一點。我敲著鍵盤，一字一句地，把跟我一點也不熟的作曲家韋瓦第的生平敲進電腦裡頭。

就這樣，我把韋瓦第的一生經歷和作曲風格約略介紹後，忍不住打了個大大的呵欠，然後發現注意力很難再集中，而且頭好暈、眼皮好重、好累。我無力地趴在桌上，盯著螢幕上只剩最後一個章節就能完成的報告，眼皮眞的好重……

「王小楠！」文文大聲地喊了我的名字，然後敲敲我的頭。

我揉揉眼睛，昏昏沉沉地看著文文，「啊？」

「王小楠！妳又睡著了，先把報告寫好啦！」文文用不算輕的力道捏了捏我的臉，痛得我忍不住叫出聲音來。

「我眞的很累嘛！」我嘟著嘴抱怨，眼皮仍然重得沒辦法完全睜開，「讓我休息一下再繼續啦。」

「小楠，不是只剩最後一段了嗎？」文文湊近螢幕，邊看著，邊對照桌上擬好的大綱。

「嗯，可是我眞的好累喔……」

「好吧！」文文沉沉地嘆了一口氣，拍拍我的肩膀，「妳先去我床上躺一會兒，我來繼續完成。」

「喔……十分鐘後叫我吧。」

「好，妳放心睡吧！」

「嗯……」我連打了兩個呵欠，拖著沉重的腳步，連爬上上鋪的力氣都沒有，就直接倒在文文床上。

不知道睡了多久，直到文文用力搖醒我，我才迷迷糊糊地慢慢醒過來。

「寫好了。」文文說。

聽見文文宣布的福音，我的意識在瞬間清醒，「寫好了？」

「嗯，妳起來把封面上的班級學號填一填，列印好，然後就可以洗個澡睡覺了。」

我揉揉眼睛，爬下床坐到電腦前，拿出胡宇晨寫在我筆記本上的學號和班級，「直接列印鍵就好了？不用檢查？」

「可以的啦！沒有九十分也有八十五分。」

「謝謝。」我邊說，邊按下列印，再隨意瀏覽文文最後一段寫的，對曲子的賞析，

「會掰也是有限度的啊！」文文沒好氣地說：「最後那些，是我向玉甄請教來的，

「文文，妳超會掰耶！」

幸好玉甄沒三兩下就在MSN上把她的看法傳給我，我做的只是複製貼上。」

「原來如此！真的超厲害的啦，那我準備去洗澡囉！」

「折騰了這麼久，快去吧！」

我站起身，伸了個舒服的懶腰。印表機正印到第三頁。可是，老天爺似乎要懲罰我的貪睡，要讓完美進行的一切添上一些遺憾，偶爾情緒化的印表機，這時候硬生生地秀

逗，故障燈殘忍而且刺眼地閃啊閃的。

我的天啊……

我和文文癱坐在電腦前，心裡冒出無數個吶喊，有種被雷劈到的震撼。

☾

「不會吧！」文文瞪大眼睛。

我拍拍印表機，對印表機自言自語，「振作一點啊！拜託！」

「眞是的，一定是今天幫班上的人印太多份報告，印表機才會罷工的啦。」文文懊惱地嘟起嘴，「早知道就不幫其他人印了。」

「沒關係啦！好心會有好報的，說不定等一下就好了。」

「印表機啊印表機，我保證下次不會讓你這麼辛苦了啦！」文文按捺著心裡的焦急，對著印表機好說歹說，期待能有奇蹟出現。

不過這一次，不管是印表機，或是一向靈驗保佑我們的菩薩，都沒有讓剩下的幾張報告印出來，我們耗了二十幾分鐘，能試的方法全都試過了，還沒辦法讓印表機復活。

「唉……現在電腦教室也關了。」文文哭喪著臉，坐了下來。

「再想想其他辦法好了。」我反過來扮演起安慰的角色。因爲我知道，依照文文做事喜歡速戰速決的個性，一遇上這種已經努力了很久，只差臨門一腳就可以完成的事，她就會格外地懊惱。

「唉唷！氣死人了啦！」文文皺著臉，莫可奈何地看著我。

我深呼吸了一口氣，「說不定等我洗好澡，印表機又恢復正常了啦！」

「不可能啦，」文文的臉更皺了，「這印表機的狀況我清楚得很。」

文文的回答，讓我除了苦笑之外還是只能苦笑，其實我也覺得今天晚上印表機眞的是操勞過頭了，明天之前應該很難再復活。可是爲了讓文文放心，我還是努力想出可以列印報告的辦法。

「哈！我知道了！我問問胡宇晨有沒有印表機，如果有的話，我們只要把檔案傳過去給他列印就好了。」我靈機一動，心裡暗暗稱讚自己的聰明，說話語調也不自覺上揚。

對嘛！怎麼會沒想到胡宇晨呢？我得意地笑著，開心地從包包裡拿出手機。

「那妳快打電話給他啊！」文文點點頭，臉上的開心瞬間被沮喪的表情取代。

「嗯，」我掀開手機蓋，準備撥號時，才想起一個嚴重的問題。

文文看我停下動作，一臉莫名其妙地指著手機，「怎麼了？快打啊！」

「我好像……」

「好像什麼？」文文也急了。

我吸了一口氣，尷尬地笑了笑，「我沒有他的電話。」

「王小楠！」文文激動地吼了出來，「妳沒有他的電話？」

我無奈地點了點頭，委屈地說：「嗯。」

「先前音樂系通訊錄上的呢？」

「通訊錄上的那個號碼他好像已經不用了。」

「你們平常怎麼聯絡的？」

「他打電話來時，都沒有顯示來電啊！」

文文無奈地抓著頭，「明天一早才印的話，肯定來不及的，」又回復到先前哭喪的表情，「玉甄那裡又沒有印表機，唉唷！煩死了啦！」

「算了啦！我明天第一節課晚一點到，先到電算中心去列印就好了。」

「妳確定來得及嗎？別忘了老師會拿報告點人起來問問題喔！要是妳被點到，我又不能代打，到時連菩薩都不能擔保妳不會被當！」

「我會盡快的，晚到總比不到好。」我拿了隨身碟準備存檔時，文文突然「啊」地叫了一聲。

「怎麼了？」我被文文的叫聲嚇了一跳。

「我可以問問看我男朋友，要是他還沒去打工，就可以先幫我們印了。」文文邊說邊瞄了一眼手錶，接著拿起手機開始撥號。

我緊張地看著文文，暗自祈求菩薩能保佑文文的男朋友還在住處，要是他已經出門去打工值夜班，就不方便請他印了。

「喂！你在哪裡？」文文大聲地問，隨即皺起眉頭、苦笑了一下，「是喔……好啦！那沒事了。」

我揮揮手向文文表示沒關係，對正和男朋友抱怨印表機故障的文文笑了笑之後，我將目光移回電腦螢幕，認份地把檔案存進隨身碟中。

一直到文文結束通話，我才指指螢幕，「我已經存好了，明天就賭一賭吧！我會用最快的速度印好報告拿去交，再用最快的速度衝回教室。」

文文輕輕嘆了一口氣，「也只好這樣了。」

就在我將隨身碟拔出USB插槽時，文文又再次「啊」地叫了一聲。

「怎麼了？」

「我們還可以問問育名啊！」

「對耶！怎麼沒想到育名！」我開心地點點頭，再拿起手機，快速地在手機裡找到育名的號碼，按下通話後，我又按了擴音鍵。

「小楠，什麼事？」電話裡，育名的聲音像平時一樣響亮，只是摻雜了一些疲累。

「育名，你方便幫我列印幾張報告嗎？」

「沒問題啊！印表機又故障了啊？」育名的聲音裡有笑意，他也很清楚我們印表機的毛病。

「嗯啊，而且只差幾張就印完了！」

「我就說那部勞苦功高的印表機早該退休了嘛！」

「嗯，我們會考慮的，那我現在可以過去你那邊嗎？」

「我現在還留在學校實驗室，妳把檔案傳給我，我先幫妳印好。」

「可是我明天一早就必須交出去了，所以……」

「所以很緊急，因為有人臨時抱佛腳啊！」文文湊近手機，用著消遣的語氣說。

「哈！雖然這樣很不應該，但是不臨時抱佛腳就不是王小楠了！」育名的聲音裡，還是聽得出淡淡的笑意。

「你們怎麼這樣啦！」我漲紅了臉，「那我現在去你們學校門口找你。」

「等一下！」育名急忙說：「妳寄檔案給我，我先印一印，我也差不多要離開了。」

「然後呢？」我和文文互看了一眼，不明白育名的意思。

「我把資料送到妳們宿舍門口，我到了妳再下樓。」

「這樣不會太麻煩你了嗎？」

「對啊！」文文又湊近了手機，「育名，你這樣要繞好遠的路耶。」

「不會啦！不然這麼晚了，我也不放心讓妳們過來，快把檔案傳給我吧！然後等我的電話。」

「嗯，育名謝謝你，待會兒見。」

「待會兒見，拜拜！」

掛了電話，我和文文開心地相視一笑，兩個人才終於鬆了一口氣。

我也總在這種化險爲夷的時刻，不由得想起「菩薩保佑」這樣的話。

「啊！育名，你眞是設想得太周到了，還幫我們帶消夜。」文文開心地說。

「對啊！」我摸摸咕嚕咕嚕叫的肚子，才想起我和文文都還沒吃晚餐。

「哈，路上看到就順便買過來了，要臭豆腐還是蚵仔煎？」育名笑得眼睛彎彎的，像此刻掛在天上的月亮。

「我要臭豆腐。」文文說。

「我想吃蚵仔煎。」

育名從袋子裡拿了一盒臭豆腐給文文，再把蚵仔煎拿給我，看文文沒有坐下來的意思，「妳不一起吃？」

文文笑嘻嘻地接過臭豆腐，「我要回去寢室吃。」

「爲什麼？」

「因爲她想和男朋友熱線，邊吃邊講。」我看著文文，故意消遣她。

「知我者小楠也！」文文笑嘻嘻地，「人家今天可是冷落了我男朋友耶！育名，謝謝你的消夜喔！」

「嗯，快去吧！」育名揮揮手，笑著看文文離去。

「育名，你眞的是我們的救星。」我打開餐盒，迫不及待地夾起一口蚵仔煎。

「這種小事，我就可以稱得上是救星啊？」

「是啊！」我點點頭，「而且不只是報告的救星，還是我們五臟廟的救星！今天我和文文從下午就開始趕報告，都沒時間吃晚餐。」

「這樣怎麼可以？」育名皺著眉，「正餐一定要按時吃啊。」

「嗯，我知道啊，但是一忙起來，有時候……」我嘿嘿地笑了兩聲，再夾一口蚵仔煎放進嘴裡。

「不過，再忙也還是要照顧好自己啊！」育名貼心地叮嚀著，「那不就幸好我順便買了這些東西，不然妳們就要一路餓到明天了。」

「我們宿舍還有很多存糧，一點都不用擔心。」

「存糧？零食又吃不飽。」

「稍微止飢還是可以的。」

大概是看我速度很快地連吃了兩口，育名發現我真的很餓，還貼心地夾了一塊臭豆腐到我餐盒裡，「給妳。」

「謝謝。」我吞下嘴裡的蚵仔煎，立刻又夾起臭豆腐咬下一口。

「看妳吃東西，感覺食物好像特別好吃。」

我鼓著雙頰，「本來就很好吃啊！」

「是沒錯，不過妳吃東西的樣子，看起來就是津津有味，真的很可愛。」育名又笑了，眼睛仍然彎彎的。

「可愛？」我看著育名，想起胡宇晨的話，「有人還覺得我吃相不雅呢！」

「不會是文文吧？」育名揚了揚眉，問我。

我搖搖頭，從育名的餐盒裡夾了一點泡菜，「怎麼可能是文文，她跟我一樣是豪邁派的耶！」

育名哈哈地笑了，「不然，是誰這樣說妳？」

「就是小天使老師啊！」

「小天使老師？」

「嗯哼！他說啊，吃東西應該要細嚼慢嚥的，然後不要邊吃邊說話，唉唷，總之規矩一堆，機車得要命，不要提他了啦！」我皺皺鼻子。

「哈！學音樂的人嘛！也許也特別講究餐桌上的優雅。」

「人家玉甄也算是學音樂的啊！可是她就很隨和又很溫柔。她每次看我和文文狼吞虎嚥，也從來沒有挑剔過，所以這根本不是優雅不優雅的問題嘛！」我沒有掩飾我的嗤之以鼻，「這是個性的關係，根本近乎龜毛！」

「有這麼誇張？」

我點點頭，「像我答應幫他寫報告，他還規定三天前一定要讓他看過，要他點頭了才能交出去，這擺明了不信任我嘛！」我把餐盒放在腿上，認眞地看著育名。

育名輕輕點了點頭，用微笑回應我，沒有多說什麼。

「他既然不信任我，就不要叫我寫啊，對不對？」我哼了一聲。「還有一件事，我一想到，就覺得他不只是龜毛，還是一個好奇怪又冷漠的人。」

育名點點頭，「嗯」了一聲，示意我繼續說下去。

「他收到小朋友的卡片時，竟然完全不打算開來看耶！」我翻了翻白眼，一想到當時的情況，一把火又莫名地冒上來。「還是我好說歹說，他才勉強看的喔！」

「妳用了很大的工夫說服啊？」

「是啊，眞想揍他一拳或呼他一巴掌。」

「哈！萬一小天使老師臉上掛了彩，小朋友說不定會生氣喔！」

「才不會呢！我可是他們心中最親愛的小楠姊姊耶！何況小朋友們又沒有中胡宇晨

的毒，怎麼可能這樣就站在他那邊？」

「對對對，妳是他們心目中最可愛、最善良的小楠姊姊！」育名指了指餐盒，「快吃吧！涼了味道會變腥喔！」

「嗯，」我吃了一大口，「對了，我又突然想到，他……」

「小楠。」育名放下剛剛夾起的臭豆腐，打斷了我的話。「看來中了他的毒的，不是小朋友，是妳喔！」

「嗯？」我睜大眼睛看著育名。

「剛剛是妳說不提他的，結果還是滔滔不絕說了好多他的事。」

「對喔……」我尷尬地笑了笑，育名說得沒錯，我的確劈里啪啦地說了一大堆胡宇晨的事。

「快吃吧！」

「嗯。」我看著手裡的蚵仔煎，再看育名一眼，突然不知道該怎麼轉移話題。

「小楠。」

「啊？」

「我沒有別的意思，」他苦笑了一下，「不要生氣或誤會了。」

「沒……」我嚥下口中的食物，「沒有啦！我只是覺得不好意思而已，沒想到一講到那個討厭鬼，就不小心抱怨了一堆。對了，那說說你跟玉甄啊。」

「我跟玉甄會有什麼好說的？」他聳聳肩，把吃完的餐盒蓋上，丟進塑膠袋裡。

「下個禮拜是玉甄的生日喔，」我笑笑，「這種日子，最適合告白了。」

「妳想太多了妳！」育名抿抿嘴，換上正經的表情，「再說，誰說我喜歡玉甄了？」

「不是嗎？」我歪著頭，「明明是你告訴我們，說你很欣賞玉甄的啊！」

「那是欣賞，不是妳想的那種喜歡。」育名站起身，嘆了一口氣，「玉甄的個性很好、人又溫柔體貼，我承認我真的很欣賞她，但並不是喜歡或愛。」

「所以？」我疑惑地看著育名。

儘管我和育名是無所不談的，彼此之間也很有默契，但我從沒聽育名提過這些關於欣賞、喜歡，或是愛的想法。

「所以，我沒有什麼需要對玉甄告白的啊。」

「喔……」

「而且，和玉甄這樣相處下來，我發現，就算我們能互相喜歡，真正交往了，也不見得會是適合的一對。」

「那也不一定啊，沒真正交往過，怎麼能確定適不適合？」

「不過我倒是認為，如果小楠是我的女朋友，說不定會比玉甄來得適合喔！」育名溫柔地拍拍我的頭。

「我？」我瞪大眼睛，以為自己聽錯了什麼。

育名笑開了，「別嚇壞了，我只是說出我的感覺，同樣沒有別的意思。」

「呼……」我吐出一口氣，「嚇我一跳。」

「我們之間，就像兄妹一樣，甚至也還不到那種可以交往的程度，妳說對不對？」

育名的微笑仍然掛在臉上。「所以，對於從小在育幼院長大的我來說，這樣的感情，其實比愛情來得更讓我珍惜。」

「我知道，就像我也很依賴你泡的咖啡一樣。」我看著育名，不自覺笑了。

「沒錯，快吃吧！時間差不多囉！」育名指了指餐盒，再指指宿舍大門。

「嗯。」我應了一聲，將最後一小塊蚵仔煎放進嘴裡。

「好啦！我快到了。」我衝出宿舍大門，邊和胡宇晨講手機，邊用最快的速度衝到校門口，「我來了！」我急急地喘著氣，刻意迴避他那想殺人的眼神。

「又遲到了。」他不悅地戴上安全帽，睨了我一眼。

「對不起啦，」我抱歉地笑一笑，「剛剛趕著去上課、交報告，然後衝回宿舍拿答應要給小朋友的小禮物，所以才慢了一點嘛，對不起。」看他眼神沒有緩和下來，我又補了一句抱歉。

「這種事可以避免的不是嗎？」

「嗯，所以對不起嘛，」我抿抿嘴，很誠心地看著他，其實我已經盡量避免遲到，也盡量提醒自己不要忘記帶東西，但偏偏腦袋就是不靈光，「下次我會記住，在前一天晚上把所有東西準備好。」

「希望妳眞的能記住。」他瞥了我拿著禮物的手一眼，「而且，看起來，妳又忘記帶自己的安全帽了。」

「啊……」

他無可奈何地嘆了一口氣，將他朋友的安全帽粗魯地戴在我頭上，「等一下從育幼院回來，順道去買一頂新的吧！」

「好，謝謝！」我笑了笑，當我們兩個人的眼神對上時，我突然有種奇怪的感覺，他那麼粗魯，我應該會不高興的，可是我卻笑了出來，心裡似乎還有一點淡淡的喜悅。

我正納悶著，他不客氣地敲了我一記，安全帽發出「咚」的一聲，「不用謝，我說過，我只是怕我朋友遲早會被妳傳染上沒智商的毛病。」

「喔，」我別過臉，不服氣地扣上安全帽的帶子，「上次人家幫你做的報告可是拿了高分耶！這麼顯赫的功勞，你還老是要這樣說我。」

「那是運氣好吧！」

「才不只是運氣好！」我吐吐舌頭，坐上機車後座，「那是我嘔心瀝血完成的，才不是巧合。」

「之後的報告有辦法再拿高分，才算真的有實力。說到報告……音樂欣賞那堂課的報告妳交了吧？」

「當然。」

「那就好，要出發了。」

才應了一聲「OK」，我的手機就響了起來，「等一下，我先接個電話。」

「講快一點。」

「文文，怎麼了？是喔……可是……好啦！拜。」我深呼吸一口氣，怯怯地從後視鏡瞥了胡宇晨一眼。

「怎麼了？」

我猶豫地將手機放進包包裡，「文文說，老師剛剛宣布下一節課要點名。」

「嗯哼？然後怎麼樣？」他冷冷地問，也從後視鏡看著我。

「之前因爲陪你去育幼院，就被點過一次了，今天……」我嚥了一口口水，看著後視鏡裡他的表情，我察覺不出他到底是什麼情緒。

「今天再被點到就完了，是嗎？」

「嗯。」

「那下車吧！」

「可以嗎？」

「難道妳想被當？」

「喔……」我下了車，站在他身邊，脫下安全帽之後遞給他，「那你自己去，沒問題吧？」

「幫我打電話去取消練唱。」他接過安全帽，冷冷地說。

「取消？爲什麼？」

「這是條件之一，我說過我對孩子沒轍，我一個人根本帶不來。」他看著我，眼神冷漠得可以。

「可是他們很期待每個星期的練習耶！怎麼可以臨時取消啦！」

他關掉機車引擎，揚起眉問我，「難道妳想被當嗎？」

「可是我也不想取消練唱啊！」我皺起臉，希望他能理解我的爲難，「你就勉爲其難去一下嘛，拜託啦！」

「又是說服嗎？」他眯起了眼像審視我，「這次我不可能妥協的。」

「胡宇晨……」我雙手合十，決定使出被他警告過不能再使用，但通常會成功的苦肉計對付他。

「不可能，我光想到要和那群孩子單獨處兩個多小時，我就頭痛。」

「不會啦，你明明和他們處得很好啊。」

「那不一樣，一個人帶那群孩子，跟兩個人不一樣。」

「所以只要有一個人陪你就可以了？」

「在這種非常時期，我可以勉強接受。」

「好，那我請玉甄陪你。」我掩不住開心，笑了出來。

「玉甄？」

「嗯，」我從包包裡拿出手機，找到玉甄的號碼，按下撥號鍵，然後在等待的嘟嘟聲中，我向胡宇晨解釋，「我之前跟你說過，就是原先擔任伴奏的學妹。」

向胡宇晨說完，我轉身走到一旁，向接起手機的玉甄說明了一下狀況，玉甄二話不說就答應和胡宇晨一起帶孩子們練唱。

我走回胡宇晨旁邊，得意地晃著手機，「你看，人家玉甄就是個性好又有愛心，一點都不考慮就答應我了。」

「很好。」他點點頭。

「玉甄會直接過去育幼院，你先在教室等她好了。」

「好。」他點點頭，轉動鑰匙發動機車。

「那……這包禮物你順便幫我帶去。」

他皺起了眉頭，盯著我手中的禮物，「我可以拒絕嗎？」

「你應該不忍心讓那群孩子失望吧？」我嘻嘻地笑著，自顧自地將手中的禮物放在機車踏墊上，「拜託啦，謝謝你喔！」

「妳快去上課吧！」

「祝你和玉甄的合作成功喔！」

他聳聳肩，輕輕轉動油門，「我要走了。」

我點點頭，揮揮手準備跟他說再見時，突然想起要交代他的事，「對了！」

「又怎麼了？」

「發禮物一定要公平喔！」

「妳眞不是普通囉嗦耶。」他丟下最後一句話，連說聲再見的機會都不給我，就迅速離開了。

我躺在上鋪，盯著貼在天花板上的一串星星貼紙，想像著今天的練唱是否順利。

今天下午的課，老師果眞依照他的預告點了名，文文適時的通風報信，讓我順利地逃過一劫。照理說，我應該覺得很開心的，但我卻隱約覺得心裡的那份喜悅不怎麼踏實，像蒲公英飄在風中，怎麼樣也無法落地。

怎麼回事呢？我轉過身，趴在枕頭上想著。

是擔心練唱不順利嗎？才冒出這樣的念頭，我隨即覺得好笑，並且發現這樣的擔心根本是多此一舉，孩子們也很聽玉甄的話，玉甄一定能將場面控制得很好。再怎麼樣，懂音樂的玉甄和胡宇晨合作，應該會比我這個音痴要來得好才對。

還是因爲沒能到育幼院陪孩子練唱、沒能和孩子們相處，所以覺得失落？

推翻了先前的假設後，我的腦子裡隨即冒出另一個問號。就這樣，我的腦袋在短時間裡不斷冒出猜測，又在問號浮現後，一下子被其他強而有力的理由否定掉。怎麼會這樣呢？心裡那種浮躁不踏實的感覺到底是因爲什麼？

我沉沉地嘆了一口氣，覺得這樣的疑惑，要比寫報告抓不到重點更讓人抓狂。

難道……難道是因爲胡宇晨的關係？難道……我的潛意識裡，其實很期待和他一起到育幼院去？

不會吧！我又翻了身，再次盯著天花板上微微發著亮光的星星貼紙，拚命思考自己心裡到底在想些什麼。

我閉上眼睛，努力想找出問題的答案。愈是想找出個所以然來，我就忍不住愈想知道今天練唱的情形，呃……不！或許該說，我很想知道今天玉甄和胡宇晨的互動和相處，想知道他們有沒有把小禮物公平地發給小朋友，有沒有一起邊鞦韆看著遠方的天空，有沒有和育名一起聊天喝咖啡……好多思緒佔據著我的腦子，揮之不去。

我抓抓頭，坐起身爬下床，拿起桌上的手機，看看手機上的時間顯示後，猶豫了許久，終於決定，與其這樣猜測，倒不如撥個電話給玉甄。

「玉甄嗎？」

「小楠！喂？對不起，這裡太吵了，」電話裡玉甄大聲地說：「等我一下喔！」

「喔……好。」我深呼吸一口氣，心裡竟有一種沒來由的緊張。

「小楠，不好意思，剛剛在店裡太吵了。」

「店裡？」

「嗯，」玉甄接著說：「就是那家紅豆湯圓啊！今天客人好多。」

「所以……」我心跳加速，吞掉了後面想說的話。

「怎麼了？」

「啊！沒有，我只是想問，練唱已經結束了？」我尷尬地轉了話題，其實我想問她是不是和胡宇晨一起去吃紅豆湯圓。

「小楠，現在已經六點半了耶！練唱早就結束了，我還逛了一下夜市呢！」

「對喔！已經六點半了。」我嘿嘿地對著手機笑，不想讓玉甄察覺我的不自然，「今天的練習應該很順利吧？」

「嗯，」玉甄又笑了，「小朋友進步得很快，是因爲小天使老師的指導，所以抓住了要領，他眞有一套耶。」

「是喔……」我皺了皺鼻頭，「那他今天有什麼機車的舉動嗎？」

「機車？」玉甄停頓了幾秒，「他話是少了點，但不至於到機車的程度啦！妳和文文都錯怪他了。」

「是嗎？他明明老是擺出一副驕傲到不行的樣子。」想到胡宇晨的臉，我忍不住又唸了一句。

「小楠，我覺得那是因爲他很有自信，所以自然而然散發出來的氣勢耶！」

「是這樣嗎？」我彷彿可以看見電話那頭，玉甄認眞爲胡宇晨說話的樣子。

「對了，我還順便向他請教了轉系的事。」

「嗯？然後呢？」

「他說他手邊有一些資料，會再找機會拿給我。那，我先回店裡去囉！丟下他一個人出來講電話不太好意思。」

「妳是跟胡宇晨一起去吃紅豆湯圓的？」其實，胡宇晨要跟誰一起去做什麼，跟我一點關係也沒有，但我的語調卻不自覺地提高。

「是啊，是他提議說要來的，呃……算是要謝謝我吧！」

「為什麼？」我瞪大了眼睛，實在控制不了自己的好奇。我之前邀他去吃，他都不太甘願，今天竟然主動約玉甄？

「因為我剛剛陪他去夜市買了一些東西，所以他想向我道謝。」

「是要謝謝妳陪他去買東西嗎？」

「對啊。那就先這樣囉！」

「好，拜拜！」

掛了電話，我壓著跳得好快的心臟，更急切地想知道胡宇晨和玉甄帶小朋友練唱後的相處。

下一刻，我不禁自問，為什麼我要好奇胡宇晨和玉甄一起做了什麼？又為什麼我的心臟會因為緊張，或其他什麼奇異的感覺，而快速地跳著？

我無力地躺在下舖文文的床上，將瀕臨爆炸邊緣的腦袋塞進軟綿綿的枕頭裡。

討論完報告，和我們同組的另外兩位同學走出教室後，文文瞪大眼睛問我，「小楠，妳到底在想什麼啊？」

「啊？哪有什麼，就在想報告啊！」我隨口胡謅了一個理由。

文文皺起鼻頭，「騙我第一天認識王小楠嗎？剛剛在討論報告的時候，根本就一副心不在焉的樣子。」

「我對報告本來就都抱著得過且過的態度，通常都沒什麼意見啊！妳又不是不知道。」我嚥了一口口水。

「我觀察妳好幾天了，妳心裡一定有事。說說看嘛，說不定我可以幫妳。」

「其實我不是故意要瞞妳，只是連我自己也不知道自己到底在幹麼！」我聳聳肩，轉身將筆記本放進背包裡。

我實在很想知道自己這幾天到底是怎麼了。有好幾次我也打算和文文聊聊，但始終都因爲不知從何說起而卻步了。

「什麼意思？」看來文文是打算追問下去。

「沒有啦，總之，如果我想到該怎麼說，我一定會第一個告訴妳。」

「不如現在就說出來啊！我會發揮我歸納整理的專長，幫妳釐清一切的。」

「文文，」我翻了翻白眼，「妳以爲這是在做報告嗎？」

「我是關心妳耶！怎麼這樣說。」

「我知道，所以，等我想清楚了一定會告訴妳的嘛。」

「一定喔！」文文嘟起了嘴，伸出指頭要和我打勾勾約定。

我正準備伸出手，就聽到手機在包包裡響了起來。

我拿出手機，「喂？」

「王小楠！」電話裡的聲音很憤怒，大吼著我的名字，「音樂欣賞課的報告，妳到底有沒有交？」是胡宇晨打來的。

「是胡宇晨？」文文用嘴型問我，看來她也聽見了電話那一頭的咆哮聲。

我邊對文文點點頭，邊回答胡宇晨的問題，「有啊！我交了啊！」

「交了？那爲什麼缺交名單上會有我的名字？」

我緊張得倒抽一口氣，「你會不會看錯了？」

「我現在在系辦的公布欄前，白紙黑字，寫得很清楚。」

「這……」我抓抓頭，納悶地看著文文。

怎麼會這樣？完成報告後的隔天，我怕自己忘記，一大早就把他的報告交出去了啊！而且我還再三確定過，我沒有跑錯系辦啊。這是怎麼回事？

「還是老師弄錯了？」

「弄錯？妳確定是弄錯嗎？」

「就是不確定才問你啊……」我小聲地說：「我真的覺得是弄錯了。」

「妳該不會是在找藉口吧？」他的口氣沒有緩和下來，反而好像更憤怒了一些。

「我才沒有找藉口！」隱約聽見他「哼」了一聲，我急著辯解。

「那妳給我說清楚，這到底怎麼回事！」

「好，你現在還在系辦前面吧，我去找你。」

「如果是想解釋的話，我沒那個閒工夫。」

「喂！你等我啦！」我按掉手機，丟進背包裡，對文文說：「文文，我去找一下胡宇晨。」

「怎麼了？」

「我也不知道。我明明把報告交出去了，可是胡宇晨說缺交名單上有他的名字。」

「這年頭真是什麼怪事都有。」文文嘆了一口氣。

「我先去囉！」我站起身，「這兩本課本麻煩妳幫我拿回宿舍。」

「嗯，快去吧！」文文點點頭，臉上的表情像送我去赴死一樣。

「謝囉！」我抓起背包，飛快地衝出門外。

我一衝出教室，就拔腿奮力地跑著，心臟也急速跳動著，情緒更是激動到一種難以形容的境界。

我不知道爲什麼胡宇晨的名字會出現在缺交名單上，明明那天一大早，我連早餐都來不及吃就趕著去交報告，現在還要被懷疑是在找藉口。我沒命地跑著，好幾次差點撞上迎面走來的人。

我不想被當成是做錯事還不敢承認的膽小鬼！

我心裡一直有個聲音，清楚地告訴自己，我不想被胡宇晨誤會、不想讓他認定這一切都是我沒交報告的爛藉口！

我揉揉眼睛，看著宣判我死刑的缺交名單，「怎麼可能？」

「如果妳堅持繼續演戲的話，那我要先走了，記得明天補交。」

「我沒有演戲啊！」我抬頭看著站在我身邊的他，接觸到的，是他那冷得令人害怕的眼神。

他嘆了一口氣，用犀利的眼神看我，「妳老實說，是不是因爲我這次沒有堅持在繳交之前看過報告，妳就打算混過去？」

我搖搖頭。

「那為什麼上面會有我的名字？」

「我不知道啊，眞的不知道。」

「王小楠！」他不客氣地吼我，對我的無辜表情視若無睹，「妳別想用打死不承認來撇清。」

「我沒有打死不承認，我確實把報告放到助教桌上了啊！」

「妳過來。」他用力抓住我手腕，走到布告欄旁，系辦的窗戶邊，指著裡面，「妳放在裡面那張桌子嗎？」

「對啊，」我湊近窗邊，「就是有一盆仙人掌的那張桌子！」

「很好，那就不是放錯地方的問題了。」他甩開我的手。

「什麼意思啦！」

「那位助教跟我很熟，他在幫老師列印缺交名單時，看見我的名字，還特地拿出整疊報告確認了一次。」

「所以，你還是認定我沒交報告，認定這一切都是我的藉口嗎？」

「沒錯！」

「請你不要妄下定論好嗎？」

「哼！」他冷笑了一聲，「虧我還以爲妳雖然神經大條，還算是個說到做到的傢伙，原來我看錯人了。」

「胡宇晨！你幹麼隨便誣賴我！」見他懷疑和不信任的眼神，我心臟激動地跳著。

「我有誣賴妳嗎？」他睨了我一眼，眼裡是滿滿的不屑。

「難道不是嗎？你什麼都沒搞清楚，就說我沒交，這不是誣賴是什麼？」

「我懶得跟妳說話，總之，請妳在明天下午之前，把報告完成，交到助教桌上。別忘了，遲交的報告分數會打七折，請妳用心寫。」

看他轉身要離開，我情急之下趕緊抓住他手臂，「我說我有交就是有交！」

他不客氣地甩開我的手，指著布告欄上的名單，「事實擺在眼前！」

「就跟你說可能是弄錯了啊！你到底講不講理啊？」我大聲地強調，看他愈來愈不可理喻的樣子，我被冤枉的一把無名火也上來了。

「妳理由眞的很多。報告沒交就是沒交，爲什麼還要找這麼多藉口？」他原本指著布告欄的手，移到我鼻子前指著我興師問罪。

「我眞的有交！」我激動得控制不住自己的音量，還引起了三、四個路過同學的注意，「你幹麼就是不肯聽我解釋？」

「王小楠！」他緊皺眉頭，「如果一開始妳勇敢認錯的話，我也許會考慮原諒妳，但現在……」

我氣得握緊拳頭，「現在怎樣？」

「現在我看不起妳。」

我抬頭，看見他很不屑地睥睨我的眼神，我也氣到不知道該說些什麼才好，複雜的情緒湧上來。如果我眞的這麼惡劣，你可以討厭我，甚至可以看不起我，可是我對你的報告一點也不敢怠慢，還把你的報告看得比自己的報告重要，爲什麼卻要這樣被你誤會？

眼眶熱熱的，從逐漸模糊的視線中再次對上他冰冷的眼神，我再也壓抑不了自己的情緒，重重地揮出因爲激動而顫抖的拳頭，不留情地打在他高挺的鼻梁上。

「喔……」他低吼了一聲，往後退了一步。

「你太過分了！」我忍住拳頭的疼痛，抬頭瞪著高出我很多，氣勢也一直凌駕在我之上的胡宇晨。

「王小楠！」他表情痛苦地看著我，用手壓住他緩緩滲出血的鼻子，「我不打女生的，不過妳要是再繼續野蠻下去的話，最好小心一點！」

他哼了一聲後轉身離開，留下我一個人，站在原地，激動地握緊拳頭，氣得邊流淚邊發抖。

看著他離開的背影，我眞的不懂爲什麼他就是不肯相信我？爲什麼不分青紅皀白就認定我沒交報告？難道在他心裡，我眞的是這麼爛的人嗎？

這種被冤枉的倒楣事我從小到大不是沒遇過，情節最重大的一次，是在小學四年級時，被誤認爲是小偷，還逮進警察局。那時我雖然很害怕，可是連一滴眼淚也沒落下。這次我試著不哭、試著停住眼淚，卻發現眼淚像潰堤般止不住，一直一直往下掉。

胡宇晨，你這個欠揍的傢伙！

☾

和胡宇晨吵了一架之後，我站在原地哭了好久，直到情緒平復了一些，才有勇氣走進系辦，向助教詢問有關報告的事。助教可能原本人就很好，也可能因爲被我哭得紅腫的眼睛嚇到了，他沒有多說什麼，很熱心地幫我重新找了桌上，還有櫃子裡的一疊報告，遍尋不著之後，他建議我可以親自向老師詢問。雖然老師要到下星期才有我們學校的課，不過這段期間，他可以試著幫我聯絡，一有消息就立刻通知我。

走回宿舍的一路上，只要想起胡宇晨在布告欄前，看起來冰冷又對我嫌惡至極的表情，我的眼淚就忍不住往下掉。

因爲怕文文擔心，我一回到寢室，先裝作若無其事地和正跟網友在MSN上聊天的文文打聲招呼後，就直接爬上上鋪，躲在棉被裡偷偷地難過、偷偷地掉淚。

「小楠，妳在睡嗎？」不知道過了多久，我聽見文文的聲音。

我吸吸鼻子，讓自己的聲音盡量維持正常的語調，還故意打了個呵欠，「嗯……快睡著了。」

「我等一下要出去，要不要帶什麼消夜給妳？」文文站在連接上鋪的小梯上，拍拍窩在棉被裡的我。

「不用了，我不餓。」

「眞的嗎？」

「嗯……」我轉過身，不讓文文看見我的臉，「餓了我會想辦法，妳快去吧。」

「好吧！」文文慢慢爬下梯子，「那我準備出門囉！」

「嗯，小心喔！」

「好，不過……」文文欲言又止，然後輕輕嘆了一口氣，「小楠，妳在難過什麼？」

「沒有……」聽見文文的關心，我的眼淚又不由自主冒了出來。

「騙人，有事就說出來啊！這很不像妳耶！到底怎麼了？是不是去胡宇晨他們的系辦後，還是找不到報告？」

我沒有回應文文的話。

「小楠！妳不說，我怎麼放心啦！」文文再嘆了一口氣，「妳快說啦……」

「嗯，」我拉開棉被，側躺著，「報告不翼而飛就算了，胡宇晨他還……」邊說，我想起胡宇晨的表情，眼淚又掉了下來。我哽咽著，斷斷續續地把後來發生的事情告訴文文。

「他眞的說他看不起妳？」文文睜大了眼睛，語氣也很激動。

我點點頭，隨手擦了擦持續落下的眼淚，「不管我怎麼解釋，他不信就是不信。」

「報告竟然會憑空不見，眞的是怪事耶！不過，現在唯一的辦法，好像也只能找老師確定了。」

「嗯，我明天……」我吸吸鼻子，「會先補交一份過去。」

「唉！也只能這樣了。」

「可是我一定要找出原本那份報告，來證明自己的清白。我討厭被冤枉，尤其是被他這樣執意誣賴。」想到要爲自己平反，我的身體裡，好像頓時又充滿了力氣。

「呵！」文文笑了笑，眼睛微微地瞇起來，「這才是我們打不死的王小楠嘛！看妳又重新振作，我可以安心地去約會。」

「沒錯！我是打不死的小強！怎麼可以輕易被打敗、輕易地哭？」擦去掛在臉上的眼淚，我堅定地看著已經背好包包，站在門邊的文文。

「努力證明妳的清白讓胡宇晨乖乖認錯吧！」

「對！一定要他乖乖認錯……」我握緊拳頭，重新找回力量，渾身充滿鬥志。卻因爲再次想到他冰冷的表情，心裡閃過一絲絲的難過。

「他不分青紅皀白懷疑妳眞的太過分了啦。不過，小楠，妳爲什麼要因爲他的不信任哭成這樣啊？」文文抬頭看著還坐在上舖的我，疑惑地問：「妳向來不是這樣的人啊！」

我納悶地聳聳肩，「我也不知道，就是不想被他當成是爛人啊！而且……」

「而且怎樣？」

「說了妳不能笑我喔！」

「好。」文文乾脆地答應。

「我覺得……呃，我是說我有點懷疑，」我嚥了口口水，「這種不想被他誤會的感覺，會不會是因爲在乎的關係。」

「所以？」文文揚起眉，眼神十分好奇。

爲了平復逐漸加快的心跳，我連吸了兩大口氣，「所以我在想，自己不曉得是不是在和他相處的這段時間裡，好像慢慢開始在意他了。」

「什麼？」文文瞪大了眼睛，連鞋子都沒脫，就一腳踩上梯子看著我，「妳喜歡上胡宇晨了嗎？」

「我只是覺得自己開始很在意他而已啦。」我皺緊眉頭強調著。剛剛躲在被子裡，我回想這陣子以來，和胡宇晨相處的片段，包括和他一起到育幼院練合唱、包括強迫他陪我邋鞦韆，還有他流著汗幫我找散落一地的串珠時，堅持要我坐著休息的舉動，當然也包括了聽見胡宇晨主動約玉甄去吃紅豆湯圓時的反應。

想了很多，我才漸漸弄清楚，雖然我還不太能夠確定自己對他的感覺到底是什麼，但我至少能肯定自己是特別在乎他的。

「小楠！妳說清楚一點啦。」文文嚥了一口口水，一副急著想知道答案的樣子。

「這樣相處下來，我發現自己眞的愈來愈在意他，也愈來愈在意他對我的看法。」我認眞地看著文文。

「嘿嘿！」文文曖昧地笑著，眼睛賊賊地盯著我，「小楠妳墜入情網了喔！」

「我只是覺得有點在乎他而已啦。雖然我不太確定這是什麼感覺，但好像還不到喜歡的程度。」我聳聳肩，「不過，現在妳一定要先幫我保密喔。」

「爲什麼？妳王小楠不是一向主張『愛要勇敢說出來』的嗎？」

「我還不確定是不是喜歡，更何況，現在最重要的應該是先解決報告的誤會。」

文文輕輕地點點頭，「也對。可是，我覺得在這之前還有更重要的事情。」

「嗯？」

「就是該想想辦法，看看怎麼樣讓妳腫得不像話的眼睛消腫！」

我嘟起了嘴，「好啦！」

「不聊囉！」文文跳下梯子，「我該出門了，這個誤會解決之後，我們再來好好擬定追天使計畫。」

「哪有什麼追天使計畫啦！」我扮了個鬼臉，抓起一旁的抱枕朝文文丟去。

爲了洗刷老是遲到的罪名，我下定決心今天一定要比胡宇晨早到。因此當老師宣布下課之後，我便用最快速度，買了兩個麵包衝到校門口。

觀察了幾輛從停車場騎過來的機車，都不是胡宇晨。我實在受不了肚子咕嚕咕嚕地抗議，轉過身背對著停車場的方向，從塑膠袋裡拿出一個波蘿麵包連咬了兩口，再快速地將麵包放回袋子裡。

我兩頰鼓鼓地咬著，還因爲咬得太大口，差點噎著。

這樣的舉動，連我自己都覺得好笑。對很多人來說，這樣在校門口大喇喇地吃東西，應該是很缺乏形象的事，但我這種人向來不太在意什麼形象不形象的，這樣做其實根本不算什麼。結果現在我卻因爲擔心胡宇晨突然出現，擔心他會討厭我這種舉動，必須偷偷摸摸咬兩口麵包，再當作什麼事都沒有一樣，迅速將麵包放回塑膠袋裡，只爲了不讓胡宇晨那龜毛小天使看見。

其實我大可什麼都不管，自己愛怎樣就怎樣。可是只要一想到胡宇晨那種從不掩飾地露出「妳怎麼會不懂禮儀到這種地步」的臉，我就覺得自己像個想偷吃巧克力的胖小孩，不自覺心虛起來。

好熱！我用手背擦了擦額頭上的汗，皺著眉看了一眼萬里無雲的天空，我退到警衛室前的屋簷下，發現光是站在這裡等幾分鐘而已，我就已經快要中暑了，更何況是每次頂著大太陽，坐在機車上等我的胡宇晨……

拿起手中裝著麵包的塑膠袋，我看了看裡頭芋泥口味的麵包，再往停車場的方向看過去。

等一下拿麵包給他時，再對先前的遲到順便向他道歉好了。

心裡冒出這樣的想法時，正巧聽見背後有人喊了我的名字。我轉過身，看見胡宇晨遠遠地朝我跑來。

「你怎麼沒騎車？」

他表情微慍地看著我，「妳手機是帶好看的嗎？」

我搔搔頭，十分疑惑，「什麼意思？」

「妳自己看看我打了幾百通電話給妳。」

我納悶地拿出手機，果然有七通未接來電，「對不起啦！因爲剛剛在上課，一下課買完麵包就急著過來了。你怎麼沒騎車？」我看著他，還發現他額頭上滑下的晶瑩汗珠。

「今天的練唱要取消了，妳打電話跟院長說一聲吧！」

「爲什麼？」

「不爲什麼，就是這樣！」他冷冷地說了個等於沒回答的回答，然後轉身。

我急忙抓住他，「爲什麼啦！」

「指導教授臨時要我和他另一個學生合一下伴奏。」

「爲什麼不早說？」

「我不是說是臨時的嗎？臨時的意思妳要是不懂，可以去翻字典。」他的語氣裡，有一種像是刻意保持距離的冷漠。我想，這樣的冷漠很明顯是報告事件引起的反應。

「我當然懂啊！」我仰頭看他，「可是，練唱是既定行程，你爲什麼沒有跟教授說清楚！」

「妳以爲教授很閒，一天到晚等著陪學生練習嗎？」

「但是育幼院的練唱就活該被犧牲嗎？」他說的道理其實我懂，我心裡卻因爲不知道該如何面對這樣的「臨時」，再加上不知道是天氣熱還是肚子餓的關係，心裡一把火也快要燒了起來。

「這不是犧牲不犧牲的問題，妳硬要這樣想我也沒輒。」他聳聳肩，拍開我抓住他手臂的手，逕自轉身離開。

「胡宇晨！你很不負責任耶！」

他停下腳步，轉身睨著我，還哼了一聲，「比起妳，我還差得遠了。」

「喂！」我瞪著他，感覺自己到呼吸變得急促。

「全世界都可以說我不負責，但妳……」他指著我的鼻子，「就是沒有資格。」

「我跟你說過我眞的準時交報告了，你沒必要因爲在意分數，氣得不聽我解釋吧？」

「不需要解釋，事實就是事實。」他攤開手，聳了聳肩。

「好！我一定會找出原本那份報告來證明！幫你要回你應得的分數！」

「很好！」

我不甘示弱地說：「到時候看你該怎麼向我賠罪！」

「好啊。」他聳了聳肩，一副不在乎的模樣。

「哼！」我瞪著他，「不過，育幼院的練唱，我不想取消，再練習幾次就要上台表演了，你不希望自己指導的合唱表演不完美吧？」

「那改到明天下午。」

我點點頭，隨即想到，他說過除了星期三之外的下午都滿檔，「你不是騙我的吧？你星期四下午不是沒空嗎？」

「星期四的事情已經差不多告一段落了，這幾個星期比較有空。」

「喔。」

「那沒事了吧？我要走了。」他語氣裡有些不耐煩。

「嗯……」我點點頭，雖然心裡還因爲他剛剛說的話有些生氣，但也因爲他乾脆地答應改到星期四練唱而平息了一些，但是……星期四？

「啊！明天不行啦！」我喊了出來。

「又怎麼了？妳眞的不是普通麻煩耶，」他轉過身，皺起了眉，「妳可以一次把話說完嗎？」

「我明天下午的課很嚴，所以我明天不能不去上課啦！」我嘆了一口氣，「可不可以改星期五？」

「星期五我很忙，」他冷冷地看著我，「明天下午我答應要聽妳那個學妹彈一首曲子，所以……」

「玉甄？」我打斷了他的話，十分驚訝，然後有那麼一瞬間，我眞的以爲自己聽錯了什麼。

向來冷漠的胡宇晨，怎麼會突然這麼好心，肯撥時間特地聽玉甄彈曲子呢？他通常應該會拒絕，表現出一副事不關己的態度吧，可是……可是爲什麼他會答應玉甄？

我實在忍不住內心的疑惑，於是追問：「你時間不是排得很滿，怎麼有空……」

「就只是剛好跟她聊到那首曲子，而且是我很喜歡的音樂家的作品。」

「可是……」我低下頭，望著自己的鞋子。

「可是怎麼樣？」他語氣裡透露出不耐煩。

「沒……所以……」我嚥了一口口水，根本不知道自己此刻該說些什麼，只有一陣酸酸的感覺，瞬間湧進心裡。

「所以明天妳可以安心上課了。」

「喔。」我點點頭，我心裡想的是「所以沒有我也沒關係了吧」。

儘管我想將心中複雜的情緒講出來，可是只要一對上他眼裡的冰冷，所有心裡想說的話，就都像卡在喉嚨裡，一個字也說不出口。

我看著他，苦澀地笑了笑，想起手上提著的塑膠袋，趕緊拿出芋泥口味的麵包遞給他，「對了，這是你的，芋泥口味的。」

「喔……」他接過麵包，臉上沒有太多表情，「謝謝，先走了。」

「不客氣。」

目送他慢慢走遠的背影，我突然很恨爲什現在的自己只能裝作若無其事地揮著手，假裝一點也不在意地笑，然後這樣無力地站在原地向他說再見。

爲什麼，這種像是被取代的感覺，好像比被他誤會、被他認爲不負責任還要更難受？而且爲什麼，這種酸酸的心情，會讓我這麼不高興？

唉……我看了一眼手錶，這堂課的時間也已經過了將近一半，我決定下一節課再溜進教室。快速地傳了簡訊給文文之後，我便走到圖書館前的涼椅上，吃起剛剛偷咬了幾口的麵包。

邊吃，我又一邊想到那天和胡宇晨在餐廳交換麵包吃的畫面，甚至因爲文文的一句「間接接吻」，莫名其妙地難爲情起來；這種因爲對方不愛吃某種口味而交換麵包的舉動，明明很單純啊，我也常和朋友這樣交換著吃。但爲什麼一旦對象換成是胡宇晨，我心裡就是有一種特別奇妙的感覺呢？

我甚至隱約覺得他似乎沒有想像中那麼難相處，只是嘴巴壞了點吧！我下了個結論，雖然也不知道這樣的猜測對不對，但這個時候，我還是不由得想起臉上總掛著千百個不耐與不願意的他，最後也總是會帶著淡淡的笑容陪我邋鞦韆的樣子。

最後，停在我腦海裡的鏡頭，是他在琴房練習時，修長的十指遊走在黑鍵與白鍵之間的畫面。

我放下手中的波蘿麵包，涼椅旁的樹，還因爲微風輕吹的關係沙沙作響，而我腦袋裡的畫面，始終定格在胡宇晨坐在鋼琴前那種專注、不容被打擾的神情。此刻，我甚至還有種錯覺，彷彿自己正置身於他彈奏的樂音裡，感受他想藉琴聲傳達的感動。

我很羡慕胡宇晨在音樂方面的天分，也渴望自己能坐在鋼琴前，優雅地彈奏自己喜愛的樂曲。

我心裡悄悄閃過一絲絲類似失落的情緒，好像終於了解，也才終於發現，這段陪著胡宇晨帶孩子們練唱的日子裡，我早已經不知不覺習慣了很多事：習慣站在一旁聽著孩子們嘹亮的歌聲、習慣站在一旁看著他專注地彈奏，也習慣了靜靜站在他身邊，聆聽著從他指尖傳遞出來的樂聲。

感覺很奇妙，畢竟我是個連五線譜都看不太懂的人，但心裡就是有個聲音，偷偷地告訴自己，除了習慣之外，我好像眞的很喜歡站在彈琴的胡宇晨身邊，聆聽他彈奏的每一首曲子。

第二堂課鐘響，我到教室時，老師已經開始上課。我站在教室後門，趁老師轉身操作投影機的空檔，偷偷溜進教室坐定位，小聲地向文文提了和胡宇晨在校門口的爭執。

「那妳明天……」文文微蹙了眉，我想她一定是想提醒我明天下午有課。

「明天他會和玉甄一起去。」邊說，我邊從包包裡拿出課本，攤開放在桌上。

「原來如此。」

「有一種好像隨便都能被取代的感覺。」

「小楠，不要這樣想啦！」文文偷瞄了老師一眼，小聲對我說。

我點點頭，「好啦！」

「不會是吃醋了吧？」

「這不是吃醋吧！只是心裡當然有點不是滋味啊！」我嘟起了嘴，不想隱瞞文文，「我知道，其實應該謝謝玉甄的幫忙才對，畢竟一開始是我請她代替我去的。」

文文想了想，「是這樣沒錯啦。」

「唉……」我輕輕嘆了一口氣，「我很清楚這是我自己的問題。」

「什麼意思？」文文歪著頭，疑惑地看著我。

「我的意思是，我不會把不好的情緒怪到玉甄身上的。」

文文誇張地拍拍胸口，「我正在擔心妳和玉甄會不會因此鬧得不愉快呢！」

「放心！她永遠是我們最貼心的學妹啊！」我笑了，看見文文臉上的擔憂逐漸消失。

「嗯……要是妳確定自己真的喜歡上胡宇晨了，我想，玉甄無論如何都會努力幫妳製造機會的。」

「也許吧！」我點點頭，轉頭看著文文，意有所指地說：「不過……嘿嘿！我才不需要靠別人的撮合呢！」

「好啦！王小楠，我承認我比較沒本事好嗎？」

「唉……我們的報告製造機，遇上愛情也同樣沒輒啊！」我故意挖苦文文，而且很清楚自己的表情一定欠揍得很。看見文文皺眉抗議的臉，我不由得笑了出來。

文文和男朋友能夠順利地發展，不管是在聯誼後的「看對眼階段」，或者是確定交往後的適應期，玉甄都是功不可沒的愛情顧問，這也經常被我當成挖苦文文的一個消遣。我常笑她，原來像她這種獨立自主又聰明的女生，碰上愛情也一樣束手無策。

「隨妳怎麼說啦！」文文攤了攤手，「對了，報告還是沒找到嗎？」

「是啊……不過，助教說老師明天就會到學校來了。」

「嗯……希望能還妳個清白。」

「對，除了還我清白，除了要幫胡宇晨討回分數之外，」我坐直了身子，想到明天也許就有機會平反我的「冤屈」，不自覺地握緊了拳，高舉著手大聲喊著，「明天我就要讓胡宇晨好好地向我賠罪！」

然後，在下一秒鐘，我明顯地察覺到時間凝結。教室裡所有人的目光，全盯著像超人一樣高舉著手的我。

「這位同學……」

「有！」我在心裡暗叫不妙地站起身，還裝出乖巧恭敬的樣子。

教授咳了咳，並且推推鼻梁上的眼鏡，表情嚴肅地說：「或許等會兒下課後，妳應該想想該寫幾篇報告來向我賠個罪。」

☾

「小楠，妳眞的是……」育名推推眼鏡，臉上有些微的笑意。

「你才知道喔！」文文學我高舉著手，「我們小楠可是有滿滿鬥志的女超人喔！」

「文文！妳很煩耶！」我瞪了文文一眼，「要不是妳突然提到什麼還我清白的，我才不會突然激動起來呢！」

「呵！別吵了，總之，現在先把這份賠罪報告完成吧。」育名打斷了我和文文的對話。「好在大學時我修過類似的課，報告都還存在電腦裡，」育名移動滑鼠，找出了兩個檔案，「這應該派得上用場。」

「太好了。」我開心地笑了出來，盯著電腦螢幕上快速移動的滑鼠。

還好文文腦筋動得快，一下就想到可以先問問同樣也是報告製造機的育名。確定育名可以幫忙，一下課就拉著我衝到育名的學校，向還窩在實驗室的育名求救。

「那趕緊整理一下吧！」文文指著螢幕，笑嘻嘻地對育名說：「這種報告，老師不會要求太多的啦！」

「我也這樣覺得，」育名繼續移動滑鼠，將一些用淡藍色標示的段落轉貼到新的檔案上，字型顏色改成黑色。沒幾分鐘的時間，一篇還算像樣的報告就完成了，「再添上一些自己的心得就好了，一小段。」

「嗯，好。」我點點頭，雖然那種看似輕鬆的「一小段心得」對我而言也未必輕鬆，但至少鬆了一口氣。

「還是我順便幫妳加一加？」育名停下控制著滑鼠的手，先看了文文一眼，再將目光停在我臉上。

「這……」

「唉唷！育名你就行行好，順便幫小楠加一加好了！」文文不等我回答，直接搶了我的發言權。

「好，那妳們先上網打發一下時間好了，看要用哪一台電腦都可以。」育名指了指一旁的電腦。

「這樣好嗎？」我皺著眉，看著育名身邊堆積如山，用來準備論文的參考資料。也許看出我的猶豫，育名笑了笑，然後拍拍我的肩膀，「放心，不會耽誤我太多時間的，而且我的論文也改得差不多了。」

「那……不好意思，麻煩你了。」

「眞是的，」育名拍拍我的頭，「又不是不熟的朋友，幹麼這麼客氣。」

「呵！每次不是麻煩文文，就是麻煩你，久了也會不好意思啊！」

「那就請客啊！一塊雞排，一杯大珍奶。」文文邊說，邊坐在靠窗的電腦前。

「等會兒弄好報告我們就去吃。」

「嗯哼，還算有誠意。」文文滿意地點點頭，開啓了MSN的視窗，輸入帳號密碼後登入。

「妳才知道我多有良心喔！」我吐了吐舌頭，但文文沒有看見，因爲她已經對著電腦螢幕，開始和朋友在MSN上聊起天來了。

「小楠妳不去上網嗎？」育名問我。

我搖搖頭，「我要在旁邊偷學你做報告的功力啊！」

「哈！要學的話，我可以免費開班授課，不過，這眞的沒有什麼，不用對我覺得抱歉或不好意思。」

「嗯……」看著育名的笑容，我也尷尬地笑了笑，「沒關係啦！我還是坐在旁邊等好了。」

「那好吧！」育名的目光移回螢幕上，「等我一下喔！」

「好。」我點點頭，看著沒兩下就答答答答地打了一大段字的育名，十分佩服，畢竟這種級數，絕不是我王小楠可以達到的境界。

坐在育名旁邊的我，儘管眼睛盯著電腦螢幕，思緒卻不自覺飄了出去，而且還不自覺地飄到胡宇晨身上，我甚至不斷地想像他和玉甄在育幼院相處的情形。想像玉甄發給小朋友糖果時，他會不會阻止玉甄，然後將他那一套「如果是眞心想學音樂，根本不需要靠糖果來獎勵」的理論搬出來？當玉甄跟著小朋友喊他小天使老師時，他會不會皺起眉頭不耐地糾正玉甄？練唱完畢後，如果玉甄心血來潮提議要盪鞦韆，他是不是會毫不考慮地答應？或者會像上次一樣順便去逛一逛，再一起去吃碗紅豆湯圓呢？

好多好多的猜想，轉得我的腦子停不下來。然後，想到他冰冷的表情，我的心開始慢慢地往下墜，像墜入了伸手不見五指的黑洞裡。

「小楠，妳的手機響了，」育名拍拍我肩膀，「想什麼想到恍神了？」

我尷尬地笑笑，從包包裡拿出手機，「喂？」

「王同學嗎？我是音樂系的助教。」

「喔！」我緊張地站起身，走到窗邊收訊好一點的位置，「助教……」

「今天臨時有個會議，所以音樂欣賞課的老師，半個小時後會到學校來開會，如果妳沒課的話，可以過來一趟喔。」

「嗯，我知道了，謝謝助教，助教再見！」聽了助教的話，下墜中的心臟好像突然長出翅膀飛了起來。

「不客氣，但是我還沒告訴妳應該到哪裡去找老師耶。」電話裡，助教的聲音有淡淡的笑意。

「對耶！」我嘻嘻地笑了，「那，請問助教，我要到哪裡去找老師呢？」

「他應該會直接到行政大樓去，再過來系辦。我想，妳可以趁會議開始前先到行政大樓那邊問問老師。」

「嗯，我知道了。」

「大致的情形我先向老師提過了，不過，詳細的狀況，還是妳親自跟老師確認會比較清楚。」

「謝謝助教。」我按捺著內心的興奮。

「不客氣，祝妳好運！」

「謝謝。」掛了電話後，我尖叫一聲，將這段期間的鬱悶一口氣喊了出來。

「終於可以洗刷冤屈了？」文文側身看我，也笑開了。

「嗯，好高興喔！我相信一定可以找到報告的！」

「呵！妳的報告也好了喔。」育名起身，將一小疊紙放進印表機的紙匣內。

「哇！眞是雙喜臨門耶。」我嘻嘻嘻地笑了。這幾天，因爲和胡宇晨的誤會，似乎已經很久沒有這樣開心地笑過了。

「虧妳說得出雙喜臨門這種成語！」文文扮了個鬼臉，還誇張地嘆了一口氣，「妳是娶媳婦又嫁女兒嗎？」

我不好意思地吐了吐舌頭，「管他的，反正我現在的心情就是飛到了雲端。」

「先找到報告再說吧！搞不好……」文文登出MSN。

「呸呸呸！沒有什麼搞不好啦，別烏鴉嘴喔！」

「那現在要回學校了嗎？」文文問我。

我看了育名一眼，再看看已經列印完畢的報告。

「文文又要去約會啊？」育名將列印好的報告整一整，拿了一旁的釘書機裝訂。

「嗯，原本是這樣安排的，不過，還是先陪小楠回去找教授好了。」文文說。

「不然，我陪小楠過去也可以。」育名說。

「好啊。」我接下育名遞過來的報告，一顆心眞的像要飛起來一樣，因爲再過一下，就可以解開一切的誤會了。

才和育名走到行政大樓門口，就看見正好從停車場走過來的教授。

「老師，不好意思，可以耽誤你一點時間嗎？」我禮貌地對教授笑了笑。

「是王同學嗎？」身材略胖的教授推推眼鏡，微笑地看看育名後，再看著我問。

「嗯，我叫王小楠，老師……我……」我嚥了嚥口水，緊張地思考著應該怎麼跟教授說清楚。

「老師，是這樣的，不曉得您對一個叫胡宇晨學生有沒有印象？」育名看出我的緊張，替我先開口問了。

「宇晨啊！喔，他是很優秀的學生啊，助教稍微跟我提過了，你們今天是爲了他的報告過來找我的，是不是？」教授呵呵地笑了，滿臉的慈祥。

「是的。」我點點頭，不知道該怎麼說下去。

「小楠她幫胡宇晨交報告到助教桌上，但胡宇晨的名字被列在缺交名單上了。」

「所以報告不是宇晨親自交的？沒有遲交嗎？」教授推推眼鏡，還微蹙了眉，但那種蹙眉，看起來純粹是因為思考，而不是不信任的懷疑。

「沒有，我準時把報告交過去了。」我誠懇地對這位看起來很和氣的教授說。

「有這樣的事啊！」

「嗯，老師……」我斟酌了幾秒，用禮貌的語氣問著：「不好意思，我想請問老師，會不會……是老師登記名單時弄錯了，或者……」

教授呵呵地笑了兩聲，稍稍調整了自己的領帶，「弄錯了啊，是有可能，不過，可能性很低喔！」

「我知道，可是我是真的把報告交到助教桌上了啊……」我抓抓頭。

教授看了看手錶，「這樣好了，我要先去辦公室拿些開會的資料，你們跟我一起到辦公室找找看好了。」

「可以嗎？」我開心地問教授。

「嗯，走吧！」說完，教授很乾脆地邁開腳步，往辦公室的方向走去。

和育名一起跟在教授後面，我發現自己的心臟因為緊張而跳得好快。

一走進教授辦公室，我們向在裡頭整理資料的一位女同學點頭示意之後，跟著教授走到擺放了一大疊報告的櫃子前。

「學生的報告應該都放在這裡，你們找找看，我先準備一下開會的資料。」

「謝謝。」向教授道謝後，育名替我拉了一張椅子要我坐下，並且從比較高的架子上，抓了一疊報告放在我腿上，「從上面開始找好了。」

「嗯。」我一份一份地檢查著，就連用了不同顏色封面、一看就知道不是我做的報告，我都因爲怕漏掉，全部仔細地看了一遍。

「你們慢慢找，我先過去行政大樓。」教授拿了資料，站起身，還是和藹地笑著。

「謝謝教授。」

就這樣，我和育名以及那位女同學待在教授辦公室裡頭，各自忙著。

女同學不停地將手邊的資料輸入電腦裡，我們這一頭也忙著檢查每一份報告，認眞地從第一排櫃子開始找，連外系繳交的別堂課的報告，都認眞地找了一遍。只要是櫃子上看得到的，我們都沒有放過，卻始終沒有找到那份遺失的報告。

怎麼會這樣……

「唉……」我不自覺地也嘆了一口氣。

「沒關係，一定會找到的。」育名溫柔地笑了笑。

「嗯，」我點點頭，然後看著手邊的資料，「怎麼可能會這樣不見啦！」

「其實……」那位女同學清清喉嚨，從剛剛開始都沒說過半句話的她突然開口。

「嗯？」

她停下在鍵盤上敲打著的雙手，「呃……缺交名單公布後，你們有在規定的期限內補交報告了嗎？」

「有。」我點點頭，看著眼前這個長得清秀的女生。

「雖然老師說遲交的分數會打七折，可是，老師是很惜才的人，加上對象又是他欣賞的胡宇晨，所以，我想老師不會眞的把分數扣到七折的。」

「是嗎？」我搔搔頭。

「嗯，就算期中報告的分數打了七折，不過，最後期末成績結算時，他還是會因爲胡宇晨特別優秀的表現，把分數加回去的。」她揉揉眼睛。

「眞的嗎？」

「依我的了解，老師的個性確實是這樣。」

「所以，胡宇晨的分數，照理說是不需要擔心囉？」育名繼續檢查手邊的報告。

「嗯。」

「不過我們還是要找到才行，我覺得這樣比較好。」無論如何，我還是想證明給胡宇晨看，所以我很堅持。

「分數不會有影響，這樣不就好了嗎？」她看著我和育名，眼神裡有些疑惑。

「可是……感覺還是不一樣啊！況且我不想被誤會缺交報告。」我皺起了眉。

「什麼意思？」她謹愼地移動滑鼠，將文件存檔，再滑動辦公椅面對我和育名。

「因爲那是我們嘔心瀝血，還半夜拜託育名……」

「小楠！」育名停下動作，對我使了個眼色，然後說：「小楠的意思是，胡宇晨是信任她才請她幫忙交報告，沒想到發生這種誤會，還因此和胡宇晨起了爭執。」

「喔……對啊對啊。」我尷尬地笑了笑，在心裡暗暗鬆了一口氣，要不是育名的提醒，我一定會不小心說出我和胡宇晨的祕密協定，「被誤會的感覺很不好。」

「不過你們知道，這次的期中報告等於期中考的分數，分數已經打好送出去了喔。」

「所以呢？」

「我的意思是，」她喝了一口水，接著繼續往下說：「成績打好了，不管是教授本身的意願問題，或是考慮程序上更改的麻煩，教授是可以拒絕修改的喔。」

「教授人這麼好，如果我找到了，他一定會願意幫忙的。」

「也許吧！但大部分的教授都不會，而且通常會選擇我剛剛說的方式補救。」

「就是用其他的分數補回來嗎？」育名問。

「嗯，而且，這樣對胡宇晨的總成績也不會有影響啊。」

「可是，無論如何我都要找出來！」我低下頭，繼續一本一本地檢查報告上的名字，心裡那股堅持要找回原先那份報告的信念愈來愈強烈。

「我只是覺得，既然分數不受影響，應該不用太堅持吧！」她微微一笑，我卻好像在她露出微笑之前，看見她的眉頭輕輕皺了一下。

「沒關係，我們再找找看，因為誰都不喜歡這種被誤會的感覺。」育名也笑了，並且拿出最後一排櫃子的第一疊報告。

「那你們加油吧！對了，我想叫飲料外送，你們想喝什麼？」

「不用了。」

「沒關係，我請客，呃……奶茶可以嗎？」幫我們決定好之後，她拿起放在電腦旁的電話。

☾

「都沒有。」育名將最後一疊報告放回櫃子上，擔心地看著我。

「怎麼會這樣？」我嘆了一口氣，原本滿心的期待，一下子洩了氣。

「眞奇怪，還眞的不翼而飛耶！」育名站起身，環顧整個辦公室。

「對啊，會不會是有人惡作劇啊？」我也跟著站起來，仔細檢查可能漏掉的地方。

「但是惡作劇總該有個限度吧。」

「難說喔……他這個人這麼機車，搞不好有人看不過去，所以存心整他。」我也跟著認眞搜尋每個角落。

「但這樣也實在太過分了一點。」育名認眞地說。

「嗯，如果眞的是這樣的話，那我還眞倒楣耶。」我皺了皺鼻子，想到要是因爲胡宇晨的個人恩怨，導致我捲進這種是非，心裡不禁泛起一陣說不上來的委屈。

育名對我點點頭之後，走到教授座位後面的塑膠文件夾前，仔細翻閱上面四、五本報告，「這裡也沒有。」

我盯著教授座位後面的紙類回收箱，「不會在那裡吧？」

「嗯……」育名摸摸下巴，走到回收箱前，將一大疊大小不一的文件抱出來，「應該不會吧，不過還是找找看好了，我找這疊，妳找箱子裡的。」

「好。」我走到育名旁邊蹲下，翻著。

也許因爲剛剛到現在已經找遍了辦公室的每個角落，甚至翻遍了辦公室裡所有文件，這回收箱等於是我們最後的希望，因此我一邊翻，心情也一邊愈來愈緊張、愈來愈著急。雖然我始終相信那份報告不可能憑空消失，還是不免開始擔心，萬一眞的找不回報告，就又要面對胡宇晨輕蔑的神情了。

「眞……」正想跟育名抱怨時，有人敲了辦公室的門，是送飲料的工讀生。

那位女同學付了帳，把兩杯飲料放在我和育名面前，「你們的。」

「謝謝。」我笑著，育名和我異口同聲地道了謝。

「小楠，我這疊都沒有。」

「我還剩下一些，等一下。」我頭也沒抬，仔細檢查回收箱裡的最後幾本，正準備放棄時，在一個封面上，看見模糊的「胡宇晨」三個字猛然出現在我眼前。

胡宇晨……胡宇晨！

「找到了！」我用力將壓在最底下的一本報告抽出來，「育名！我找到了！」

「太好了！」

「等教授開完會，就能洗刷我的冤情了！」我興奮得跳了起來，只要想到終於可以澄清胡宇晨對我的誤會，我的心就像飛起來一樣開心。

「是啊。」育名接過我手中的報告，「不過……這好像被茶之類的液體弄髒了。」

「對耶。」我盯著育名手上的報告，的確有明顯的污漬，封面上的字微微暈開。

「請問……」我轉身看著那位女同學，「這……請問……」我猶豫著自己的措詞，不知道該從何問起。

「請問，妳知不知道會是誰丟在這裡的？」育名接了我的話，「我的意思是，妳覺得會是誰丟在這裡的呢？」

她看了我和育名一眼，手中的飲料杯放在桌上，還差點因爲沒放穩而打翻。「我不知道。」

「眞的不知道嗎？」育名看著她。

她點點頭，拿了一塊麵包坐在電腦前，背對著我和育名，「我眞的不清楚。」

我拉拉育名的衣角，「不管是誰丟的，找到報告就能證明我沒有說謊，等老師回來就能澄清一切了。」

「嗯，然後胡宇晨……」育名的話才說到一半，便被開門進來的教授打斷。

「呼！」一進門的教授伸了個大大的懶腰，「這種會議最折騰人了，老是在同一個點打轉。」

「辛苦了，老師。」女同學從塑膠袋拿出一杯飲料，「老師，這是給您喝的。」

「喔！謝謝。」教授將資料放在桌上，接過飲料，插上吸管後喝了一大口。

「老師，我們找到報告了。」

「眞的嗎？」教授坐在座位上，接過那份報告仔細地看了看，「在哪裡找到的？」

「回收箱裡。」我說。

老師深深地吸了一口氣，「這樣啊……有很明顯的污漬……」

「我在想，是不是有人不小心打翻了飲料，擔心被教授責備，所以……」育名認眞地向教授分析。

「信雲，」教授又喝了一口飲料，然後看著那位女同學，「信雲，妳有印象嗎？」

「啊？絕對不是我。」她急忙搖搖頭，也許是被教授突如其來的問題嚇到，她似乎顯得有些緊張。

「不！」教授揮揮手，臉上堆起和藹的笑，「我沒有懷疑妳的意思，只是問妳知不知道這件事。」

「喔……我不知道。」

「真的不知道嗎？」育名追問。

「嗯。」

「信雲，也許不是妳，但是看妳緊張的樣子，我想妳應該知道是誰吧？」

「老師……」那位叫信雲的女生往後退了一步。

「同學，妳真的知道是誰嗎？」我急著追問。

「唉……其實這件事我也有錯。」她嚥了嚥口水，「是一位一年級的工讀生，她好意從助教桌上把先交的幾本報告拿過來，結果不小心打翻了老師桌上的茶，當時沒有人在這裡，她就趕快離開了。」

「那妳怎麼會知道呢？」我搔搔頭，納悶地問。

「是後來她看見系辦公布的缺交名單，心裡過意不去，才鼓起勇氣向我承認。」

「信雲，妳應該在我送出分數之前，先告訴我這件事的。」教授和藹的眉間微微揪起，表現出不悅。

「老師對不起，因為那個學妹急得都哭了，當時胡宇晨的報告也已經補交，我想應該沒有太大關係，而且憑他的優秀表現，也不可能被老師當掉，所以……」

「信雲，下不為例。」教授的眉頭更皺了。

「老師，我知道錯了，對不起。」

教授沉沉地嘆了一口氣，「妳該道歉的除了我之外，還有宇晨和這位王同學。」

她點點頭，轉身看我和育名，「對不起，害你們找那麼久，希望你們能原諒我。」

我拍拍那位女同學的肩，其實我能體會她對工讀生的同情，換成是我，我也可能會因爲別人的哭泣而不忍心拆穿事實。

「妳至少應該通知一下胡宇晨。」教授說。

「嗯，」信雲點點頭，「這是我不對，眞的很對不起。」

看著她抱歉的眼神，我尷尬地笑了笑，然後看著教授，「老師，」我吸了一口氣，往前站過去，「那，胡宇晨的期中報告分數，是不是可以請老師更正呢？」

「這個……」教授拉拉領帶。

「既然已經證明我沒有遲交報告，我想分數應該不需要打七折，對不對？」

「王同學，因爲期中分數已經送上去建檔，所以我不希望再更動。」

「爲什麼？」

「我答應妳，這不會影響宇晨的總成績。」教授原本和藹的一張臉，蒙上了一層淡淡的嚴肅。

「可是，明明沒有遲交，而且問題也不在我們身上，爲什麼後果要由胡宇晨承擔？」

「王同學，關於宇晨對妳的誤會，我可以請信雲去替妳解釋清楚，不過分數方面，我不打算更動。」

「老師！」我皺眉，「我知道要修改分數的程序有點繁瑣，但……可以請老師幫個忙嗎？」

「這方面，我很堅持，」教授咳了一聲，「接下來的這幾個星期，我有很多事情要忙，所以我不希望花太多時間在這上面。」

我看了育名一眼，再看看教授，「老師……」

信雲走向前，拉住我的手，「王同學，老師接下來的行程眞的很忙碌，要更改分數，還必須在會議上將整件事情做個報告，不管是書面或是口頭，這一切都太……」

「麻煩嗎？」我看著認眞解釋的信雲。

「總之，老師的方式是最省事的了。」

「老師，眞的不能做個修改嗎？」站在我身邊的育名，也幫著我說話。

「嗯，我說過了我很堅持。」教授先是看了育名一眼後，接著把目光停在我臉上。

一旁的信雲湊近我，小聲地對我說：「王同學，我願意幫妳向胡宇晨澄清這一切，而且我會說到他相信爲止。」

「可是，這不只是澄清的問題，他很在意他在期中拿到打了七折的分數啊！」一想到胡宇晨，我不由得理直氣壯了起來，「我覺得應該依照實情，給他該有的分數，而且我也已經答應他，一定會要回應得的分數。」

「好，要是他也同意教授的做法呢？」信雲看著我，十分認眞地。

「不可能的，他這麼機車，又這麼在意報告的分數。」

「所以如果他同意，妳也就不會有任何意見囉？」

我點點頭，「是的，畢竟那也不是我的成績。」

「那老師……我需要打個電話給胡宇晨嗎？」信雲轉身問教授。

「當然，問問他的意見也好，」教授點了點頭，「查一下剛剛完成建檔的學生資料，撥電話給他吧！」

「小楠！」從教授辦公室離開後，育名就一直跟在我身邊，「別氣了！」

「眞搞不懂胡宇晨在想什麼耶！他明明就很在意分數，也很在意自己的名字被列在缺交名單上，爲什麼那個叫信雲的女生說了兩三句，他就妥協了？」我停下腳步，氣急敗壞地看著育名。

當信雲掛掉電話，向大家表示胡宇晨沒有意見的時候，我的腦子瞬間一片空白。

我一直以爲，電話那頭的胡宇晨會和我站在同個立場，就算不爲分數，也會爲了一個眞相而希望教授更改，但他卻似乎沒有太多猶豫，就接受了信雲的提議。

明明他這麼在意這件事，還因此對我不能諒解，爲什麼人家說個兩三句話，他就沒有意見了？

「教授都出面了，不管是誰都應該給教授面子。」

「是嗎？」我搔搔頭，「如果是你，你會怎麼做？」

「坦白說，我會尊重教授的意思。」

「爲什麼？明明事實擺在眼前，」我心裡很不服氣，「教授這樣處理也不對。」

育名笑了笑，「其實剛剛教授已經很客氣了，如果換成是我研究所的指導教授，根本不可能這麼容忍學生，再怎麼無理的事，學生都必須承擔。」

「這又不一樣。」我嘟起了嘴反駁，其實育名說的我多少能懂，但我心裡就是有那麼一點不舒坦。

「嗯……我想說的是，也許胡宇晨只是和我一樣，選擇給教授面子，何況成績根本不受影響。」

「那他當初因爲報告質問我的堅持呢？他因爲報告缺交看不起我的憤怒呢？」我走到樹下的椅子旁邊，生氣地坐了下來，「要不是想澄清誤會，還有幫他要回應得的分數，我幹麼吃飽撐著去找教授理論啊！」

育名苦笑了一下，但沒有說話。

「這麼一來，好像……好像全世界只有我最難纏，自己一個人一股腦兒地不知道在堅持什麼！」我看著前方，鼻子酸酸的。

「小楠，別想太多。」

「什麼別想太多？」我用手背擦了擦不小心滑下來的眼淚，「你不知道，爲了這件事我有多難過！你知道他最近看我的眼神有多輕蔑、多嫌惡嗎？」一想到胡宇晨的眼神，我的眼淚又無法克制地掉了下來。

「給妳……」育名從背包裡拿了一包面紙遞給我。

「他這樣到底把我當成什麼啊？是我活該、是我雞婆、是我閒著沒事，一頭熱地幫他爭取他根本就不在乎的權益嗎……」我吸吸鼻子，哽咽著說。

「我想，他有他的考量吧！」育名坐在我身邊，輕輕撫著我的頭，讓我靠在他肩膀上，「別難過了。」

我靠在育名肩膀上點點頭，沒有再說什麼，育名也安靜地陪著我，很體貼地沒有再說一句話，像是要讓我在這樣的沉默裡，慢慢撫平自己激動的情緒。

我閉上眼睛，在育名寬厚可靠的肩上，想著最近因爲報告的誤會，而和胡宇晨發生的衝突，一種酸酸的委屈又充斥在心裡。

我擦掉殘留在臉頰上的眼淚，雖然還是很想哭，但我告訴自己不能哭，因爲我是打不死的小強王小楠，絕不能再爲了這種小事哭泣！

我深深地吸了一口氣，然後站起身，和育名面對面站著，「沒事了！」

「那就好，我陪妳走回宿舍。」育名笑了，好像早猜出我會有這樣的舉動。

「嗯！走吧。」我笑了笑。

育名站起身，貼心地幫我提了包包，「這才是我認識的王小楠！」

「不！你應該說『這才是我認識的打不死的小強』才對。」我吸吸鼻子。

「哈！又用小強形容自己。不過，看妳情緒恢復得這麼快，我也放心多了。」

「因爲我不能輕易地被眼淚打敗啊！」

「好，爲了獎勵妳的樂天，」育名走到我身邊，「給妳個小禮物。」

「嗯？」我納悶地看著育名從背包裡拿出一個彩色小紙袋。

「一直忘了給妳，這是上個禮拜，和同學一起逛街時看見的串珠項鍊。」

我接過紙袋，「我要打開囉。」

「希望妳會喜歡。」

我從袋子裡拿出項鍊，開心地戴上，「好漂亮喔！」

「喜歡嗎？」

「當然。」

「妳戴起來很好看啊，而且和妳一直戴在左手的……嗯？」育名疑惑地看著我的左手腕。

「手鍊前陣子斷了，」我笑了笑，連帶想起那時候，和胡宇晨尋找散了一地的珠子的情景，「不過，只要找齊珠子，我會立刻把它串好。」

「嗯。」育名對我微笑。

「眞的很漂亮，謝謝你。」

「別客氣了，我也幫文文挑了一個手機吊飾，前幾天已經拿給她了。」

「說到那個吊飾，文文超喜歡的，回來還跟我炫耀呢！」我開玩笑地說：「當時我還有點吃醋，說育名竟然沒送我。」

育名哈哈地笑了兩聲，「因爲我想親自交到妳手上。」

「謝謝你，我眞的很喜歡。」我用手指撫著垂在胸前的串珠，和育名並肩走著。

靜默了幾分鐘之後，育名開口了，「小楠，剛才看妳哭得這麼難過，我很驚訝。」

「啊？」我歪著頭，看著身邊的育名。

「我的意思是……原來妳對胡宇晨的在乎，比我想像的還多。」

「是啊！在乎這種心情，好像一不小心，就會呈等比級數一樣地地增加。」我說，這是遇見胡宇晨之後，最強烈的感受。

育名稍微停頓了一會兒才開口，「我能知道爲什麼嗎？」

我點點頭，「你和文文都是我最好的朋友，我從來沒有瞞過你們什麼，只是，我好像也說不上來是爲什麼耶。」最後，我給了育名一個苦笑。

「嗯？」育名的表情有些不解。

「心裡就是不自覺地很在意他，不希望被他誤會、不希望他平白被扣了分數……」

我搔搔頭，「唉呀，反正就是這樣啦！」

「原來如此，」育名笑了，「我想我大概懂了。」

「懂了？」我納悶地看著育名，思索了幾秒他話裡的意思，「懂什麼啊？」

「沒事，走吧！」說完，他繼續邁開步伐往前走去。

育名送我回宿舍後，他馬上又趕回學校實驗室。我一進宿舍後，就一個人待在寢室，坐在電腦前，上網胡亂逛著，順便看看幾個經常瀏覽的部落格。

就這樣，我逛遍了所有自己常逛的網站，也看了幾個列入追蹤的拍賣商品，原本想就這樣打發時間，等文文回來，但我已經待在電腦前兩個多小時，連連打了幾個呵欠，最後決定躺在文文的床上休息片刻，順便沉澱一下近日烏煙瘴氣的情緒，突然感到很慶幸，還好這些事在找回報告之後，總算都結束了。否則再這樣下去，眞不知道腦細胞會死掉多少。

我拿出手機，準備設定鬧鈴時，發現螢幕上顯示的未接來電總共有十二通，螢幕上方還閃著收到新簡訊的圖示。這十二通未接電話的列表裡，只有兩通是文文撥的，其他十通全部都是沒有顯示號碼的來電，時間是在我離開教授辦公室之後撥來的。

會是胡宇晨嗎？我不免這樣猜想。當然，這樣的猜想多少摻雜著期待。

但是……會是他嗎？如果是，那他來電，會是純粹要問我報告的事，還是爲了先前的誤會向我道歉？

我腦子好多思緒轉得快要爆炸，才發現自己幾乎要被這些愚蠢又矛盾的心情打敗。

我心裡明明還因爲胡宇晨接受了教授的安排而不開心，卻又因爲這十通可能是他的來電而感到雀躍。

我真的好希望自己能像從前一樣乾脆，至少生氣就是生氣，開心就是開心，爲什麼現在的王小楠一遇上了胡宇晨，就動不動爲了這些小事又是開心又是難過的，爲什麼我的心思要變得這麼複雜？

我嘆了一口氣，瞄到手機螢幕上方跳動著的未讀簡訊符號，這才想起還有新簡訊還沒打開來看。

兩封新訊息。一通是文文告訴我今晚外宿的簡訊。另一通，顯示了一串電話號碼，會是胡宇晨嗎？閃過這個念頭後，我立刻按了閱讀，訊息裡寫著：「王小楠，妳這個史前歐巴桑，手機辦好看的嗎？回電話給我。」

要不要回撥？

我把手機放在一旁，轉身趴在枕頭上，猶豫該不該按照簡訊上的號碼回撥，愈想，我心臟就跳得愈快，在回撥與不回撥之間搖擺著。

王小楠！妳到底在幹麼？這明明就是一件很簡單的事，爲什麼要緊張成這樣？

我盯著一旁的手機，猶豫該不該回撥給胡宇晨，心裡那座天平愈來愈搖晃。

當我閉上眼睛時，手機碰巧震動了起來。

「喂？」

「小楠，我今天不回去喔！妳看見我的訊息了吧？我們要去看夜景喔！」文文劈里啪啦地說著。

「嗯，我看見了，要注意安全喔。」我轉過身，呈大字形躺著。

「放心，」文文笑了笑，「對了，我剛剛聽育名說你們和教授碰面的事了。」

「消息這麼靈通喔……」

「誰叫妳都不接電話。」

「在教授辦公室，不好意思開鈴聲，回來就忘了……」我解釋著，然後想起今天下午在育名面前哭了，「育名還說了什麼嗎？」

「沒有啊，怎麼？難道你們還發生什麼羅曼蒂克的情節嗎？」文文曖昧地笑了。

「哼。」

「開個玩笑嘛！幹麼這麼認眞？」文文又哈哈笑了幾聲，「現在既然找到報告了，就可以證明妳沒有錯，胡宇晨也不敢再看不起妳了。」

「說到這個，我眞的很生氣。」我嘆了一口氣。

「小姐！」電話裡的文文提高了音量，「妳該不會還因爲他的妥協在生氣吧？」

「是啊！」

「其實我不覺得他選擇接受教授的安排有什麼不對耶！育名不也說他會這樣做嗎？」

「是啊！可是我就是覺得……」

「覺得妳這樣爲他爭取權益，但他卻沒有跟妳站在同一陣線，呃……該怎麼說呢？」

文文停頓了幾秒，「妳是不是有一點被戰友背叛的感覺？」

我吸了一口氣，佩服文文的聰慧，她每一句話都說進我心坎裡，「嗯。」

「其實我能體會，不過妳不要想太多。」

「可是……他明明就很介意被列在缺交名單上，明明這麼在意分數，還因爲這樣對我生氣、看不起我，最後竟然輕易放棄自己的權益……唉唷，反正想到這個，我就……就……」我皺起了臉。

「就委屈得哭了？」文文接了我的話，音調微微上揚。

「我眞的忍不住啊！」我的臉皺得更緊了，「還說育名沒告訴妳什麼，連我哭了妳都知道。」

「哈！這叫做善意的謊言！不過妳不要怪育名喔！人家他對妳可是超關心的耶！」

「不會啦，育名本來就是我們這群義工的『張老師』嘛！我不會怪他的，我……」

插播的嘟嘟聲從話筒裡傳來，打斷我的話。我迅速地看了螢幕顯示的插撥來電，「應該是胡宇晨打來了。」

「那先接他的電話吧！不過，我要勸妳別再爲了這點小事難過，趁著他現在主動找上門來，應該好好敲詐他一頓道歉晚餐，要是有個燭光晚宴更好，拜拜。」說完一連串的話，文文隨即切斷了通話。

我接了插撥，「喂……」

「手機眞的是辦好看的嗎？」電話裡，他的聲音有淡淡的消遣，口氣上卻溫和很多，不像之前的態度。

「當然不是。」

「要不要一起吃個晚餐？」

「啊？」我吃驚地坐起身，以爲自己聽錯了什麼。

「二十分鐘後，在校門口等妳。」

「喔，好。」雖然在電話裡，他根本看不見，但我還是不自覺地點了點頭。

「整個晚上那麼安靜，眞不像妳。」走出餐廳後，胡宇晨突然這樣說。

「有嗎？」和他並肩走著，我看向前方遠處的天空，「不是有人很講究餐桌上的優雅嗎？我怎麼能不注意一點。」

「妳王小楠什麼時候開始在意這種事了？」他問我，堆在臉上的笑雖然淡淡的，但我還是注意到了。

「這種事是哪種事？是優雅的舉止嗎？」我反問他。

其實從在校門口看見他那一刻起，到剛剛長達一個小時左右的用餐時間，甚至到並肩走著的現在，我都還沒辦法調整好自己的心情，也根本還沒準備好該用怎樣的態度來面對他，所以才隨意胡謅了優雅的禮儀這種爛理由。

坦白說，我不是不想說話，也不是因爲在高級餐廳吃飯的關係，所以惺惺作態裝淑女，其實，有好幾次，我都衝動得想放下刀叉，將近日的不高興一股腦兒地罵出口，但我都極力克制住自己，把到嘴邊的話，跟著牛排吞了下來。

這樣很不乾脆我也知道，但就是覺得應該由他先主動開口，而不是等我開罵才對。

「王小楠！」

「嗯？」

「走路也能發呆啊？」他微側著臉，看著比他矮很多的我。

「哪有發呆？」我心虛地面向前方。

「剛剛跟妳說話，妳半個字都沒聽進去，還敢講。」

「你說了什麼？」

「沒事啦！」他抿抿嘴，「今天請妳吃飯，眞的是誠心想跟妳道歉。」

「喔。」他總算主動提了。

「報告的事，是我的錯，我誤會妳了。」他放慢了說話的速度，很誠懇地說。

「喔，沒關係……」

我瞇起眼睛，眉頭還不自覺地皺了起來，除了簡單又稍嫌客套的一句「沒關係」之外，我發現自己竟然吐不出其他的話，最後還察覺自己內心愈來愈矛盾、愈來愈彆扭，剛剛明明還期待著他會主動道歉的，現在他道歉了，我反而不知道該怎麼應對這一切，只傻傻地說了「沒關係」。

「眞的對不起，我應該相信妳才對，希望妳不會在意，」他嘆了一口氣，又說了一次，「對不起！」

「其實……」我停頓了幾秒，「一開始我眞的很生氣，氣你爲什麼就是不肯相信我。爲了解開你對我的誤會，我一直忙著追回報告，這段日子裡唯一想到的，就是報告到底掉到哪裡去了。雖然嘴裡總是說一定要你好好道歉，但是現在聽到你道歉，才發現，我好像早就沒那麼氣了。」

「爲了表達我的歉意，我請妳去聽一場很棒的音樂會，怎麼樣？」他拿下背包，從前側的袋子裡拿出兩張票。

「音樂會啊……」我盯著他手上的票，深深地吸了一口氣。

「下個星期四晚上，可以去嗎？」

我點點頭，「嗯，好！謝謝。」

「是我要向妳道歉才對，妳謝什麼！」

「喔，我只是有一點驚訝而已。」我盯著他手中的票，沒想到生平第一次參加音樂會的機會，是這種情況下得來的。

「那票由我保管！免得……」他把票收進背包裡，眼裡帶著笑。

「你是怕我會弄丟嗎？」我翻了白眼。

「沒錯。」

「哼！連這種小事也不肯相信我。」我不服氣地抗議，邁開腳步，大步往前走，望著前方被月光微微照亮的夜空。

「誰叫妳平時神經老是這麼大條。」他跟上我。

「哼。」我別過臉故意不理他。

「哈！總算恢復一點王小楠的樣子了，不過，我想我還是要問個清楚。」

「問什麼？」

他咳了咳，「妳心裡，是不是還在氣我什麼？」

「啊？」

「一定還氣我什麼事吧？妳臉上的表情實在太明顯了一點。」

「怎麼說？」我看著他的側臉，很驚訝他竟能敏銳地察覺我的介意。

「呃……」我吸了一口氣，猶豫幾秒。反正依照我的個性，我也不想繼續再兜圈子，不如一吐為快說個清楚，「好吧！既然你問了，我就老實說吧。我很氣你為什麼不再追究報告的分數。」

「哈，有追究下去的必要嗎？」

我停下腳步，抬頭看看也跟著我停下腳步的他，「沒有嗎？」

「也許有，」他聳了聳肩，「眞要追究起來，會有一堆麻煩的程序，所以我想，還是尊重老師，隨他怎麼安排都好。」

「都好？」我疑惑地問：「那當初你看見缺交名單時的堅持呢？」

「那是兩回事。」

「才不是兩回事，」我重重地哼了一聲，看他那副無所謂的樣子，我心裡一把火又冒上來，「我眞的很想問你，爲什麼你今天這麼乾脆答應信雲的建議？」

「剛剛說了，因爲更改分數眞的很麻煩啊。」

「是嗎？那我在教授面前積極爭取的行爲不就很無聊？你很在意分數不是嗎？」

「當然不是。」他搖搖頭。

「騙人！」

他微蹙了眉，沒有多說什麼。

「任何人都會不甘心分數不明不白被打了七折，我本來以爲除了分數之外，你比較在意的是眞相，而且我還以爲，你跟我一樣，會因爲看不慣教授那種給了你分數就無所謂的態度，所以才想要爭取到底，沒想到……」

「王小楠……」他的眉頭皺得更緊了。

我試著深吸一口氣，來緩和急促的呼吸，「雖然不是眞的很嚴重，可是你知道嗎？就因爲你的輕易妥協，讓我當下的舉動突然變得很愚蠢，甚至覺得自己像個被獨自丟在戰場上的前鋒……」

「王小楠，妳眞以爲，我吼妳，還有最近對妳的不高興，是因爲分數被打了七折？妳眞的以爲，是因爲教授願意在期末幫我把分數補回來，或是我不想得罪教授，才輕易接受安排的嗎？」他敲了我的頭一記，緊皺的眉頭並沒有鬆開。

「難道不是嗎？」我生氣地瞪著他。

他說：「妳錯了，雖然要求妳寫報告當成交換條件時，我確實用報告的分數威脅過妳，但事情發生時，我之所以會這麼氣，完全是因爲我以爲自己錯看了妳。」

「嗯？」

「看起來我是在對妳發脾氣，可是我想，那樣的憤怒其實是在氣我自己，我平白無故相信妳，結果妳竟然沒有準時交出報告。」

「你說你相信我，那你爲什麼不願意聽我解釋？」

「那時候我也氣炸了，昏了頭吧！」他笑笑，「當時只覺得，妳沒交報告，怎麼還一副理直氣壯的態度面對我，而且又大言不慚，死不認錯的。唉唷，眞的對不起。」

「所以說……就算我眞的沒交報告，只要在系辦前面直接向你認錯，你其實不會這麼生氣囉？」我問。

「嗯，我在意的不是分數。」

「那你在意的……」

「我想我在意的，是王小楠到底是怎麼樣一個人吧！」

「原來……」我點點頭，努力壓抑自己過於激動的心跳，邁開腳步慢慢往前走。

原來，這整件事情，不只是胡宇晨誤會了我，我在一開始也誤會了他。我一直以為他在意的只是分數、一直以為他功利到只要拿回分數，就可以什麼都不在乎地接受教授的任何安排……原來，是我也誤會他了啊。

原本沉甸甸的心情，好像突然輕飄飄了起來。我微仰著頭，望向前方夜空中的月亮，發現原本被雲蒙上了半邊臉的月亮，不知道在什麼時候，已經露出了整個臉蛋，似乎也為我們之間誤會的煙消雲散而開心著。

「這樣心裡舒坦一點了吧？」

「嗯。」

「那麼，現在我還想問妳一件事。」

「嗯？」我轉頭看他的側臉。

「有必要因為我接受了教授的安排，就哭得這麼傷心嗎？」

「哭？」我抓抓頭，訝異他怎麼會知道我哭了。

「對啊！哭得那麼傷心，看起來不像是因為找到報告喜極而泣啊！」他似笑非笑地看著我。

「你怎麼知道我哭過？」我納悶地問他。

「妳還沒回答我的問題耶！」

「老實說，因爲我不喜歡這種像是孤軍奮戰，然後又被背棄的感覺，一時覺得委屈才會哭的。」我有些疑惑，「你到底是怎麼知道我哭了啊？」

「和信雲講完電話，我撥了不下十通電話給妳，妳都沒有接聽，所以我立刻就趕到教授辦公室去了。」

「所以……」

「所以什麼？」

我噗嗤地笑了出來，「所以菩薩派來的小天使，其實也還滿關心我的嘛！」

「想太多！」他又敲了我的頭，不過這次力道很輕。

「關心就是關心嘛！」我嘻嘻嘻地笑了，發現自己的腳步因爲澄清了誤會而輕快得簡直要飛起來。

「妳還眞是愛胡思亂想，」他吐了一口氣，「對了，下星期是最後一次練合唱囉！」

「小朋友練習的狀況還不錯吧？」

「這次去的時候，我請他們唱給妳聽。」

「嗯，那待會兒可以順便載我去賣場，買些零食跟小禮物嗎？」看見他臉上閃過了猶豫，我趕緊雙手合十地說：「我知道音樂這種東西是要發自內心學習的，可是我眞的眞的很久沒和他們一起練唱了，我……」

「好啦！」他睨了我一眼，一副沒好氣的樣子。

「那你覺得今天該買什麼好呢？仙貝還是……」我跟上他的腳步，想問他意見。

「買什麼都好吧！」他聳聳肩，「我想，孩子們在乎的不是吃到什麼餅乾或糖果，是來自我們的鼓勵和肯定吧！」

我看著他，忍不住噗嗤地笑了出來。

「幹麼？」他皺了皺眉，不解地看著我。

「眞沒想到，對音樂之外的事總是漠不關心的小天使老師，竟然會講出這樣的話來耶！」我嘻嘻嘻地笑著。

他敲了一下我的頭，邁開大大的步伐，「妳再不走快一點，當心我反悔喔！」

「好啦！」我嘟起了嘴，急忙跟上他。

此刻，走在他身邊的我，終於釐清了這段日子以來，因爲他而產生的許多複雜心情，也終於弄懂，自己之所以在意他的原因。

原來，我喜歡的，並不只是站在一旁看著他彈琴、悠閒聽著曲子的感覺，也不只是單純地欣賞或羨慕他在音樂方面的天分。我喜歡的，其實是他的全部。

我偷偷瞄他一眼，再望著前方飄了幾朵白雲的蔚藍天空，終於在心裡甜甜地肯定，原來，自己在不知不覺中，早已經喜歡上脾氣不太好，有時候說話很壞，但其實內心很體貼善良的胡宇晨，早已喜歡上願意在每次練完合唱後，陪我盪鞦韆，和我一起吃碗紅豆湯圓的小天使老師。

原來，我真的喜歡上他了。

☾

畫圖課結束，和小朋友玩了幾個小遊戲後，我走出教室，就看見笑咪咪的育名指著涼亭的方向對我說：「咖啡已經準備好囉！」

「嗯，走吧！」我和育名一起走到涼亭，迫不及待地喝了一口香濃的咖啡，「好好喝喔。」

育名在我身邊坐下，也喝了一口，「好久沒看妳笑得這麼開心了，誤會解決了，心情輕鬆不少吧！」

「當然囉！被人誤會的感覺真的很不好！尤其……」我皺皺鼻子，腦子裡浮現了胡宇晨帥氣的又溫柔的笑。

「尤其妳又很在意那個小天使老師對不對？」育名又喝了一口。

「對啊！而且我發現……」我放下王小楠專用杯，嘻嘻嘻地衝著育名笑。

「嗯？」

「我發現我自己對胡宇晨的在意，其實……是因爲喜歡。」

育名頓了頓，幾秒之後才慢慢地吐出幾個字，「因爲喜歡？」

「對啊，」我笑了，「因爲喜歡。」

「那妳會告白嗎？」

我點點頭，尷尬地笑了笑，「我本來就是藏不住祕密的人嘛，而且把這種喜歡的感覺藏在心裡，好像會得內傷耶！」

「小楠妳眞是勇敢。」

我用力點點頭，「當然啊，面對自己喜歡的人，不勇敢一點怎麼行？」

「妳不怕受傷嗎？」育名挑起了眉。

「你是說，被拒絕之後的傷心嗎？」

「嗯。」

「不怕！」我搖搖頭，無比地堅定。

「這麼有把握？還是因爲妳發現他對妳也有不一樣的感覺？」

「沒有！我的直覺告訴我，他並沒有喜歡上我。不過，不要緊啊！」我笑著對育名說：「這並不影響我的告白，因爲喜歡一個人，本來就應該勇敢地告訴他。」

「就算妳知道他不喜歡妳，也會這麼勇敢嗎？」

我堅定地點點頭，「對啊！而且……呵！說了你不可以笑我喔！」

「我不會的。」

「就算知道他不喜歡我，我也要努力讓他看見我，讓他看見喜歡著他的我。」

「感情的事啊……唉！但是這樣很容易受傷的。」育名突然嚴肅地看著我說。

「又沒關係，我可是打不死的小強王小楠耶！而且又不是眞的會流血受傷，有什麼好怕的？」

「是沒錯，但是……」

「如果，喜歡一個人，不能把喜歡的心情親口告訴對方，不能爲了自己喜歡的人努力，那多可惜啊？人生當中，有多少機會可以遇到自己喜歡的人？」

育名沒有說話，只是默默地拿起桌上的咖啡杯，連喝了兩口，鏡片因爲杯裡冒出的熱氣，蒙上一層白霧。

「所以，爲了我的勇敢，爲了我對胡宇晨的喜歡，育名你一定要幫我加油喔！」

「嗯，加油！我永遠都會幫王小楠加油的！因爲……」

「因爲什麼？」

「沒事。」育名抿了抿嘴，看起來並不打算繼續把話說完。

「對了！那，育名，你有喜歡的人嗎？」

「呃……」育名急急地放下咖啡杯。

「到底有沒有嘛？」我好奇地問。

「有。」

我睜大眼睛看著育名，他的保密工夫真不是蓋的，「你有喜歡的人？」

「對啊。」

「怎麼都沒告訴過我們啊？」

「因為……因為沒什麼機會和你們聊到。」

「是班上同學嗎？」

「不是。」育名搖搖頭。

我掩不住嘴邊的笑，「那人家知不知道你喜歡她？」

「不知道，」育名尷尬地笑著，「我也不打算讓她知道。」

「為什麼？」

「老實說，我很擔心，說出來會破壞我和她的關係。與其這樣，倒不如什麼都不要講，這樣默默陪在她身邊就好了。」

「可是，沒有試過，你又怎麼知道是不是會破壞什麼呢？」

「是啊，」育名的笑容裡，似乎多了一點苦澀，「也許是因為，我缺乏了像妳這樣的勇氣吧！」

「可是我還是覺得……」

「哈！別聊這些了，先把咖啡喝完再說，我們很久沒有一起盪鞦韆了。」育名指著鞦韆，微笑著提議。

「好，盪鞦韆去！」我拿起杯子，將暖暖的咖啡一飲而盡，「走吧！」

爲了這次和胡宇晨久違了的練唱，第四節下課後，我就非常快速地和文文吃完午餐，再飛快地衝往校門口等胡宇晨。到校門口時，我得意地坐在警衛室前的矮墩上。因爲這次，我不但比約定的時間早到了十分鐘，就連安全帽，還有今天要發給小朋友的餅乾都沒忘記。

我看著機車停車場的方向，在第六輛機車騎過來時，看見了胡宇晨帥氣的臉。

我站起身，朝著他揮揮手，「胡宇晨！」

「遲到大王今天來得可眞早！」他把車停在我面前，瞄了一眼我拎在手上的安全帽，還用一種誇張的語調說：「連安全帽都記得？」

我得意地點點頭，戴上印有 Hello Kitty 圖案的安全帽，「當然囉！就跟你說之前一直忘了帶，眞的不是故意的嘛！」

他貼心地接過我手上的兩大包餅乾，放在腳踏墊上，「最好是，不過下次……對了，明天要去參加音樂會時，妳不用自己帶安全帽了。」

「為什麼？」我扣好帽帶，跨上機車後座。

「呃……」他將機車騎到待轉區，看著後照鏡對我說：「因爲明天早上我和班上同學有個聚會，我同學的安全帽應該會留在我這裡，要是妳又多帶一頂安全帽，晚上又要趕著去音樂會的話，置物箱會塞不下。」

「喔，」我點點頭，半開玩笑地問：「不過，你不是一直很擔心我把沒智商的毛病傳染給你朋友嗎？」

「反正不差這一次，抓好囉！」他轉動把手，車子慢慢起動，越過了大路口後，他突然又問：「對了，今天這麼早到，該不會是蹺了早上的課吧？」

「眞是冤枉啊，大人！第四堂一下課，我就飛快地買飯、超拚命地把飯吃完耶！」

「這麼拚命幹麼？」

「哼！還說，」旁邊一輛大卡車呼嘯而過，我加大了音量，「這樣才不會又被你唸個沒完。」

「哈，妳不是有一堆理由可以搪塞？」

「你不也都是得理不饒人地開罵嗎？」

「我真的對妳這麼凶喔？」後視鏡裡的他，微蹙著眉，看著鏡子裡我的倒影。

「是啊，好像我欠你幾千萬一樣！」我點點頭，還因為不小心撞到了他的安全帽，發出「叩」的聲音，「不過沒關係，因為……」

「因為什麼？」

「因為這並不會影響我對你的喜歡！」我笑笑地看著鏡子裡閃過一絲驚訝表情的胡宇晨，還故意對他扮了個鬼臉。

「對我的喜歡？」他吐了吐舌頭回敬我的鬼臉，「這不會是報告事件的懲罰吧？為什麼我要這麼可憐被妳喜歡啊？」

「哼！」我用力地搥了一記他的安全帽，「以後你最好就不要喜歡上我！」

「放心吧！像妳神經這麼大條，又沒有半點音樂細胞的女生……」

「喂！我也有我的優點好嗎？」我不服氣地打斷他的話。

「是嗎？是缺點比優點多吧……」

就這樣，騎往育幼院的一路上，我們兩個一來一往、東一句西一句地聊著。雖然胡宇晨還是像從前一樣，說起話來一點也不客氣，但我們現在相處起來，比以前更輕鬆、更愉快了。此刻坐在後座的我，心裡不禁泛起了一股淡淡的甜蜜。

小朋友的練唱，果然很明顯地進步了，像是有了菩薩保佑以及小天使加持一樣，變得很出色。就連像我這種對音樂沒天分的音樂白痴，站在教室裡聽小朋友合唱時，都能被他們純真而且投入的歌聲感動。

這應該就是所謂的專業吧！沒想到玉甄代替我和胡宇晨配合的幾次練習，竟然能讓整個合唱表演變得這麼出色。

如果那時候，老師沒有預告要點名，逼得我不得不匆忙地趕回去上課，又或者，我當時找了別人代替我陪胡宇晨練唱，那麼，小朋友們還能在這麼短的時間裡進步得這麼快嗎？

我很不想承認，但很不幸地發覺自己肯定沒有這樣的能耐，因爲，每次練習我都只能像個呆子一樣站在一旁，給予大家精神上的鼓勵。我悄悄嘆了一口氣，不自覺地將目光移向站在鋼琴前面的胡宇晨，發現一一將手中的餅乾發給小朋友的他，臉上正掛著溫和的微笑。

胡宇晨雖然一開始擺明了他對孩子沒轍，可是日子一久，還是變成了懂得和孩子們相處的小天使老師啊！這些改變，是因爲這幾次和玉甄相處的關係嗎？

「小楠姊姊，妳要不要吃一塊？」佩珊走過來，伸出手把餅乾舉得高高的。

我蹲下來，看著貼心的佩珊，「佩珊吃就好，謝謝！」

「嗯，」佩珊點點頭，把餅乾放進嘴裡，「小楠姊姊，我們今天有進步嗎？」

「當然！」我拍拍佩珊的頭，今天她綁了個短短的小馬尾，「不只是進步喔！已經跟眞的可以上台表演的合唱團一樣厲害了耶。」

「眞的嗎？」

「對啊，妳看……小天使老師就是因爲你們表現得很棒，所以也很開心喔！」我指著胡宇晨的方向。

「眞的嗎？」

「當然啊！小楠姊姊相信，因爲大家都很認眞努力在練習，所以一定能表演得超精彩的！小楠姊姊會和文文姊姊他們討論一下，再幫大家做個手環或項鍊，讓每個人上台都亮晶晶的喔。」

「謝謝小楠姊姊。」佩珊興奮地拉住我的手，笑得很天眞，但是隨即嘟起了嘴。

「怎麼了？」

「小楠姊姊，園遊會那天會有很多人嗎？」

「對啊！」

「要在這麼多人面前表演，好像……好像……」佩珊低下頭。

「呵！」我拍拍佩珊的頭，「會很緊張對不對？」

「嗯。」

「佩珊，不管是之前幫我們伴奏的玉甄姊姊，或是我們現在的小天使老師，在音樂方面都很厲害的，妳知道嗎？」

佩珊看著我，認真地點點頭。

「所以，厲害的老師指導的合唱團，一定是最棒的合唱團，根本不用擔心啊。」

「可是……」

看著佩珊仍然很緊張的小臉，我繼續說：「妳知道爲什麼小天使老師會叫小天使老師嗎？」

佩珊搖搖頭，「不知道耶！」

「那是因爲啊！」我神祕地笑了笑，「小楠姊姊一直覺得，小天使老師是菩薩派來的小天使啊！所以無論如何，就算小天使的魔法不管用，菩薩也會用祂無邊的法力幫助我們的。」

「呵！」

佩珊安心地笑了出來。我正準備拍拍佩珊的肩膀鼓勵她時，我的頭被狠狠地敲了一記，「唉唷！」

「佩珊，去找大家玩吧！」胡宇晨湊近我們，微笑地對佩珊說。

「嗯。」

看著佩珊跑開，我邊揉著頭邊抱怨，「幹麼偷襲我啊？」

「難道要繼續讓妳跟佩珊講這些怪力亂神的事嗎？」

「怪力亂神？」我皺起眉，「誰跟你怪力亂神了，我是實話實說耶！」

「好啦！不管怎樣，出去透透氣，然後就閃人吧！」

「嗯，眞可惜今天育名沒來，不然應該可以喝到一杯咖啡的，等我一下啦！」看他已經走出教室，我急急地跟了出去。

不知道是不是因爲胡宇晨今天心情特別好的緣故，當我走到鞦韆前坐下並開始盪起來的時候，他連眉頭也沒皺一下，很乾脆地跟著一起盪了起來。

「哇！好涼喔！」我舒服地將腿伸長。

「嗯。」他輕輕地盪著，我想，和我一樣看著前方天空的他，一定也正在欣賞那片被夕陽餘暉染紅了的天。

「你今天心情很好嗎？」我看著他。

「怎麼這樣問？」

我聳聳肩，「就是一種感覺啊，我也說不上來，至少，你沒有因爲我要溢鞦韆對我擺臭臉了啊！而且……」

「嗯？」

「剛剛練習合唱，你完全沒有先前的不耐煩，連發餅乾時都還面帶微笑耶！」我放慢速度，看著把鞦韆盪得比我高的他。

「他們表現得很棒，身爲指導老師，其實也覺得與有榮焉。」

「這段日子，和孩子相處，收穫不少吧？我覺得你有些改變喔！」我想起一開始臉繃得跟石頭一樣，在孩子面前不苟言笑的胡宇晨。

「嗯，我承認的確有很大的收穫，也許是心態吧！和孩子相處久了，好像漸漸能用不同的角度去看待很多人事物，嗯，應該是更柔軟了吧。」

「你看吧！我就說擔任伴奏會是很棒的體驗嘛！」

「沒錯，下個星期就要表演了，還眞有點捨不得。」

「其實，有空的時候，你這個小天使老師還是可以來陪他們啊！對了，說到表演，我聽小朋友的合唱，眞的覺得他們好棒喔！眞的進步好多耶。」

他慢下了擺盪的速度，側過臉來看我，臉上是一種極詭異的笑容，「妳不是號稱什麼都不懂的音樂白痴嗎？現在也懂得欣賞了？」

「坦白說，孩子們什麼地方唱錯了，或是唱錯了哪個音，我還是不懂啦！不過，我就是覺得他們歌聲很好聽，和伴奏的琴聲配合起來很和諧，也能感受到那種全心投入在合唱裡的精神。」

「又是妳那套王小楠的說詞。」

「本來就是啊！在他們的歌聲裡，我好像眞的能夠〈快樂地向前走〉了喔！總之，很感動就對了。」我嘻嘻嘻地笑了起來。

「音樂白痴竟然也能被音樂感動。」

「當然啊！是一種雞皮疙瘩一直冒出來的感動喔！」

「妳的感動，就是雞皮疙瘩一直冒出來這樣嗎？」他皺緊眉頭，覺得好笑地看我。

「嗯，我也忘了是從哪裡聽來的說法。唉呀！不管啦，總之很感動就對了。啊！你要不要跟我比比看誰能盪得比較高？」我興致勃勃地看著他。

「不要。」他斷然地拒絕我。

「爲什麼啦？」

「我說過，這遊戲很幼稚。」

「比比看又不會怎樣。」我吐了吐舌。

「陪妳盪鞦韆已經是我的極限了。」他的目光從我臉上移向前方的天空。

「唉唷……」我輕輕地嘆了一口氣。

「何況，這個遊戲，不是專屬於妳和育名的嗎？」

「專屬於我和育名的遊戲？」我納悶地重複了一次胡宇晨的問題，「遊戲就是遊戲，哪有什麼專屬於誰的啊！」

「是嗎？」

「對啊！」我點點頭。

當我回答完胡宇晨的問題，轉頭又看見胡宇晨俊俏的側臉時，好像突然能體會到剛剛胡宇晨說的「專屬」。

這種「專屬」，應該就是指兩個人之間特有的默契吧！也許像我每次麻煩文文幫忙時，她一定會要我請她一塊雞排和大杯珍奶；也可能是像每次義工時間結束時，我和育名會在喝掉全世界最好喝的咖啡後，比比看誰能把鞦韆盪得比較高；或者，是和胡宇晨練唱完後，不管他願不願意，都會被我拉著去吃碗紅豆湯圓一樣。然後，我的腦袋裡竟開始想像著玉甄和胡宇晨一起去吃紅豆湯圓的畫面。

「妳在想什麼？」

我看了胡宇晨一眼，「我在想，在想……」我一面整理好心裡雜亂的想法，一面猶豫該不該據實以告。

「到底在想什麼？妳最近比先前更常發呆了，有腦殘的跡象。」胡宇晨睨了我一眼，語氣跟眼神一樣地不客氣。

「我只是在想，第一次邀你去吃紅豆湯圓時，你簡直是一百個不願意，後來幾次，也是我好多歹說才說服你，可是……」我停下鞦韆，認眞地看著他，「可是玉甄第一次代替我陪你們練唱那天，她說你主動約她一起吃紅豆湯圓，我聽了，心裡感覺不太好。」我將心裡的話一五一十地說了出來。

「我會主動邀玉甄一起，是要謝謝她陪我逛了一個多小時的街，還帶我去了我要找的店，讓我買到想買的東西。」

「那如果那天我沒有臨時跑回去上課，你也會要我跟你一起去逛街嗎？」我看著他，假裝不在意的樣子。

「會，其實那次我本來是打算練唱結束後，要和妳一起去逛的。」

「聽到這種話，都不知道該高興還是難過耶！」

「爲什麼？」

「高興的是，你那時候這麼討厭我，竟然會想找我去逛逛，」我辦了個醜醜的鬼臉，「難過的是，原來我這麼容易被取代。」

「等等！小姐！」胡宇晨也停下了鞦韆，「妳剛剛說我『那時候』討厭妳？」

「對啊，難道不是嗎？」我點點頭，假裝不滿地皺了皺鼻子。

「這句話有語病。」

「怎麼說？」

「我說過現在不討厭妳了嗎？妳幹麼用『那時候』？」

「你很欠揍耶！」我大聲地哼了一聲，站起身準備離開，卻被他抓住了手。

「哈！鬧妳的啦！」他拉了我一把，示意我坐回鞦韆上。

我再次坐回鞦韆，看著前方染紅了的天空，一句話也沒說。

「生氣囉？」他溫柔地問我，也跟著我盪了起來。

「有點難過而已。不過沒關係，反正大家都知道，我是打不死的小強王小楠！」

「那小強，請妳聽清楚。」胡宇晨一邊笑著說，一邊將鞦韆盪得愈來愈高。

「我在聽啊！」

「一開始，我眞的很討厭妳，覺得妳又煩又囉嗦，又常常爲了一些奇怪的理由莫名其妙地堅持，像個固執的歐巴桑。」

我皺了皺鼻子，「那現在呢？」我發現自己的心臟突然跳得很快。

「現在不會了。」

「那我就放心了。」我給了他一個開朗的微笑，看見他臉上誠懇回答的表情，我心裡被喜悅塡滿，也把鞦韆愈盪愈高，「眞的不跟我比誰盪得高嗎？」

「不要。」

「像我一樣很歐巴桑的堅持嗎？」

「沒錯。」

就這樣，我和他一來一回地盪著鞦韆，院長經過時，我們向她打了聲招呼，剩下的幾分鐘裡，我們兩個人都很安靜，像是有默契地靜靜欣賞夕陽落下，感受微風吹在臉上的涼快，沒有再說什麼。

「你看喔……」我放開我的左手，張開掌心對著紅紅的夕陽。

「怎麼了？」

「跟著我做就會知道了。」

「嗯？」他疑惑地學我放開抓著鞦韆的左手，張開掌心對著前方紅通通的夕陽。

「觸摸到夕陽的感覺棒不棒？」

「呵！我懂了。」他微瞇起眼睛，彷彿也用心地感受著這種觸著夕陽的感覺。

「胡宇晨……」

「嗯？」

「告訴你一個祕密。」

「好。」

「我喜歡你。」我認眞地看著他，甚至因爲緊張的緣故，還深呼吸好幾口，來緩和自己急促的語氣，「其實，剛剛在路上我說喜歡你，是認眞的。」

他的表情十分驚訝，先是看著前方，遲疑了幾秒後，才微笑著問我，「這是歐巴桑的惡作劇嗎？」

「不是，」我放慢了鞦韆的速度，最後慢慢停下，「所以，你說你現在還討厭我的時候，我真的小小地傷心了一下喔！」

「剛剛還說自己是打不死的小強呢！」

「誰說打不死的小強不能傷心難過啊？」我反駁。

他輕輕地笑了，沒有再說什麼話，只是再次伸出手，對著夕陽張開掌心。

「我喜歡你，會讓你覺得困擾嗎？」

「妳說呢？」他沒有回答我的問題，卻反問了我。

「我不知道，也許很困擾吧！」我尷尬地笑笑，「像你這麼機車的人，搞不好覺得被曾經討厭的人告白很倒楣。」

他還是沒有多說什麼，臉上掛著微笑。

「不過你放心，你大可不必理會我的告白，我不會給你添任何麻煩的，因爲……」

「因爲什麼？」

我換上認真的表情，決定坦白說出心裡的想法，「因爲我只是想這樣單純地喜歡你，而且不管怎麼樣，我都會一直這麼勇敢，默默陪在你身邊，除非有一天你喜歡上別人了，不然的話……」我努力露出一個甜美的笑容。

「不然怎麼樣？」他揚起了眉，要笑不笑的表情。

「不然，我會一直陪在你身邊，努力地讓你看見，我就在你身邊，不會離開。」

「王小楠，妳這歐巴桑眞的不是普通固執耶！」

「我只是不想什麼都沒做，什麼都沒讓你知道，就默默放棄。愛要勇敢說出來嘛！」

「眞搞不懂妳腦袋裡到底裝了什麼東西。」他停下鞦韆，站起身，「時間差不多了，走吧！」

「好。」我嘻嘻嘻地笑著，像個孩子般跟在他後頭，踩在他長長的影子上。

我抬頭看著他高大的背影，想起在宣傳海報前的第一次見面，想起後來拚命說服他擔任伴奏的每一次僵持，也想了很多甜甜酸酸，有歡笑也有摩擦的相處。

第九章

「這麼早到？」胡宇晨把機車停在我面前。

「有人要請我去聽音樂會，我當然要識相一點才行啊！而且，我還特地穿了我最喜歡的裙子喔！」我比了個勝利的手勢，笑嘻嘻地說：「你看這條項鍊，是之前育名送我的，我超喜歡的。」

「嗯，很好看啊。」胡宇晨微笑了一下，體貼地遞了安全帽給我。

「謝謝！」我接過安全帽，立刻被彩繪在安全帽上的小豬吸引，「維尼家族的小豬耶！」我驚喜地看著上頭畫得維妙維肖的圖案。

「妳喜歡嗎？」

「當然，小豬這麼可愛，我當然喜歡啊！你知道要去哪裡買嗎？我也想買一頂。」

我捧著新得發亮的安全帽，仔細研究畫在安全帽上的圖案。

「這是我特地請人彩繪的，」他微微地笑了，「送給妳吧。」

「送給我？」我瞪大眼睛，「這不是你朋友的嗎？」

「妳眞的很笨耶！」他用不算粗魯但也稱不上是溫柔的力道，拿過安全帽放在我頭上，「這是我想送給妳的。」

「眞的？」

他抿抿嘴，「不然每次練唱，有人老是忘了帶自己的安全帽也不是辦法。」

「我又不是故意的。」我翻了翻白眼，不服氣地反駁他。

「總之就是一點都不用心，老是忘東忘西。」

「才不是！我每次都有認眞記住，但每次都是看到你才想起來啊！」

「所以，對付患有沒智商這種毛病的人，我決定乾脆買一頂比較快。」

「謝謝啦。」我看著他，還是開心地笑了。

「其實前一陣子就已經請人畫好了，只是後來練唱妳缺席了好幾次，根本沒機會拿給妳。先說好，不要太感動，」他又敲了我的安全帽，「我只是不想讓我朋友被妳傳染了沒智商的毛病。」

「好啦！」我小聲地哼了一聲。

「上車吧！」我準備跨上後座時，他喊住我，「等一下。」

「啊？」

「連扣都沒扣好。」他搖搖頭，伸出手幫我扣好安全帽，「好了，上車吧！」

「嗯。」我坐上後座，心裡甜甜的。

他發動引擎，將機車騎到大路口前的待轉區後，從後視鏡看我，「我那天請玉甄陪我去逛，就是要買這個東西送妳，根本不是妳想的什麼誰取代誰。我本來是想找妳一起逛的，可以順便讓妳選妳喜歡的圖案，雖然那時候，我不太確定那家店的確切位置，但我們可以邊逛邊找。」

「所以……」我想了想，「買到安全帽之後，為了謝謝玉甄，你才會請玉甄去吃紅豆湯圓啊？」

「嗯，有沒有開心一點？」

「的確有。」我看著後視鏡，對著他笑了。

「平常腦袋這麼不管用，這種時候又愛胡思亂想。」

「是你什麼也沒講清楚，我怎麼知道嘛！而且昨天盪鞦韆的時候你也沒說啊！」

「講清楚了，還算是意外的驚喜嗎？」

「可是也太保密到家了！你眞的很狡猾耶！把這件事隱瞞得這麼好，過這麼久才把安全帽拿給我。」

「前陣子因為報告遲交的事，正在氣頭上，妳說我哪有什麼機會拿給妳？」

「也對。」

「說到報告，我想，我應該再跟妳說一次抱歉。」因為紅燈，他按了煞車停在斑馬線前。

「沒關係啦！我已經不在意了。胡宇晨，我可以問你一個問題嗎？」

「嗯？」

「有沒有可能……呃……」我遲疑了幾秒，思考該怎麼問出口，「會不會有一天，也許，我的意思是，會不會哪天你一覺醒來，突然發現自己喜歡上我了呢？」

「妳說呢？」他哈哈地笑了兩聲，轉動把手往前騎。

「快說啦！」

「這個答案，我先保留。」

「喂！」

「音樂會快開始了，我要騎快一點，不能聊天囉！」

「胡宇晨！」

他完全不理我，似乎打定了主意什麼也不回答，只是加快速度往前騎去。

☾

「妳在緊張嗎？」找到位置後，胡宇晨小聲地問我。

「嗯。」我吸了一口氣，看了看已經幾乎坐滿的表演廳，每個人的穿著都相當講究。

他指著我手中的節目單，「表演開始之前，妳可以先看看。」

「嗯。」我攤開手中的節目單，瀏覽了一下上面的文字。

「這位演奏家長年住在國外，這次回台灣只演出兩個場次，所以是很難得的機會。」

我點點頭，面對他微笑了一下。我觀察著整個表演廳的布置，我從沒參加過這樣正式的購票音樂會，連到這種正式的表演廳欣賞節目，都是第一次。

我深深吸了一口氣，想起小時候上音樂課，音樂老師說過，欣賞演出時，經常有人在不該鼓掌時候鼓掌。我暗自提醒自己，千萬要好好觀察胡宇晨鼓掌的時機，可別出糗了。

節目正式開始，鋼琴家在如雷的掌聲中優雅地走到鋼琴前，用修長的十指開始了第一首曲子。我莫名地緊張起來，還正襟危坐地看向前方的舞台，專注盯著鋼琴家投入地演奏。可是不管我再怎麼投入，再怎麼想體會琴聲裡傳達的意境，唯一感覺到的，都只有鋼琴聲時而鏗鏘有力、氣勢磅礡，時而輕快悠揚的差異而已！

我偷偷瞄了一眼坐在我身邊的胡宇晨，他專注地聆聽演奏，眼裡流露出來滿滿的欽佩與崇拜。我看了看台上，再看看已經完全投入在琴聲中的胡宇晨，突然對於自己的分心與無法融入感到不好意思，於是我緩緩閉上眼睛，希望能因此靜下心來，讓我這頭沒慧根的「牛」，好好感受音符帶給人的感動。

我舒服地靠在軟綿綿的椅背上，聆聽迴盪在音樂廳裡的琴聲，好舒服……

咦？琴聲美妙地演奏了好一段時間，突然發生奇怪的事。

奇怪……這麼正式的音樂會也會演奏流行歌曲啊？而且，還是我很熟悉的流行歌曲，嘿嘿！看來我王小楠還挺有品味的嘛！連這樣知名的演奏家，都在演奏會上演奏那首被我設定為手機鈴聲的歌曲，不過好奇怪喔！這不是鋼琴演奏嗎？為什麼會有歌聲啊？又不是演唱會。

咦……不會吧！一種不祥的感覺像電流一樣通過我的全身，還有人輕輕拍了我的臉頰，「啊！」我嚇了一跳，猛然睜開眼睛。

「把手機關掉。」胡宇晨眼露凶光，小聲地說。

「啊？」終於發現到底這是怎麼一回事之後，我急忙從包包裡翻出手機，緊張地關上，然後偷偷觀察胡宇晨臉上的表情，還好死不死地瞥見坐在他另一邊的兩個女生不悅地往我看了一眼。

我緊張又尷尬地倒吸一口氣，假裝沒看見那兩個女孩的表情，然後靠近胡宇晨小聲地說：「對不起……」

他瞥了我一眼，什麼也沒說，只是再次看向台上鋼琴家的表演。

他生氣了嗎？等會兒音樂會結束後，他會像上次在系辦前那樣對我咆哮，還是再也不想理我了呢？千百種假設不斷地從腦子裡冒出來，而且不管是哪一種假設，都讓我感覺自己大難臨頭。

想著，我發現自己擔心到幾乎要虛脫。這種關鍵時刻，我只好向慈悲為懷的菩薩祈求，祈求祂能保佑我走出音樂廳後的生命安全。怎麼保佑我都好，總之請菩薩務必讓祂派來的小天使因爲聽完演奏會太感動，完全忘掉不適時響起的手機鈴聲。

慈悲的菩薩啊！就請幫幫忙了。

參加音樂會的觀眾走得差不多之後，我才跟著胡宇晨慢慢走出音樂廳。

「對不起。」走出音樂廳，我第一句話就是趕快道歉。

他看了我一眼，抿抿嘴。

「對不起，」我誠懇地重複了一次，看著沉默不語的他，我心裡愈來愈著急，「我知道這種場合一定要關手機，可是剛剛進場時，一方面因爲能跟你一起來這種場合太開心了；一方面又害怕自己會鬧出什麼笑話，緊張得不得了，所以才忘了關機這個基本禮儀，對不起！」我擋在行進中的他面前，舉手行了個禮。

「沒關係，下次不要再犯就好了。」他長長地吐了一口氣之後，停下腳步。

沒關係？他說的是「沒關係」三個字嗎？我挖挖耳朵，以爲自己聽錯了。他怎麼可能這麼輕易就原諒我？他眞的是我認識的胡宇晨嗎？我瞪大眼睛觀察他的表情，暗自猜想他是不是已經在心裡把我歸類成無可救藥的牛，所以根本不想再多說什麼了？

「你是說『沒關係』嗎？」我再次確認。我從小到大好像沒有這麼害怕過。

「嗯，但是，以後參加我畢業公演時，請妳一定要記得關機，再犯一次就不能原諒了。」他伸出食指，在我鼻子前指著，語帶威脅地說。

「眞的不生氣啊？」他的反應眞是太不可思議了。

「嗯，」他點點頭，「我關手機的時候，也應該提醒妳才對。說起來也是我疏忽了。妳難得參加這種正式的音樂會，我知道妳眞的很緊張。」

「所以你原諒我了嗎？」

「對啊，」他指著前方，示意我繼續往前走，「在音樂廳時，是有一點不高興，但現在不會了。」

「爲什麼？」我鬆了一口氣。

「音樂的魔力吧！欣賞完一場這麼棒的演奏，一踏出音樂廳就生氣的話，好像很不值得，」他聳聳肩，「而且……」

「而且什麼？」

「對於妳這種第一次參加音樂會的音樂白痴來說……」

「等一下！」我納悶地打斷了他的話，「我有告訴過你，我是第一次參加這種音樂會嗎？」

他搖搖頭。

「那你怎麼會知道？」

「妳可以聽我把話說完嗎？」他微皺了眉頭。

「好啦！」我翻了白眼。

「總之，我知道妳為了和我一起來聽音樂會，不要出糗或是讓我丟臉，已經很用心查資料了，我如果再因為一時的疏忽發脾氣，好像就太不夠意思了。」

「你怎麼知道我特地上網查資料？」

他點了點頭，「那天，我把一本很重要的琴譜忘在育幼院，回去拿的時候，正好遇到育名和文文，和他們聊了一下，是他們告訴我的。」

「原來如此。」

「我也忘了提醒妳，所以我們算扯平。不過以後再犯的話，我可就不能接受囉！」

我用力地點點頭，「嗯，謝謝。」

「這種時候不需要謝謝吧？」他沒好氣地說。然後隨即就換上認真的表情，「按照我原本的脾氣，我應該會像看見缺交名單時那樣吼妳吧。我想，不能否認的，我在不知不覺間被妳影響了。」

「什麼意思啊？」我歪著頭問，發現自己愈聽愈不懂。

「大概是因為，在不知不覺間，妳改變了我一些看待事情的態度吧！舉個彈琴方面的例子好了，從前我總覺得，在音樂的世界裡，我只要一個人就夠了，唯一關心的，也就只有音樂，以及怎麼樣才能爬上音樂領域的最顛峰，卻很少用心去體會音樂之外的世界，」他長長地嘆了一口氣，「自從認識了妳，答應擔任孩子們的伴奏之後，我開始學著和孩子相處，也才漸漸懂得用更柔軟的態度去看待一切。這種感覺，我之前應該跟妳說過了吧。」

我點點頭，然後看著他。他很少一口氣說這麼多話，「你看吧，我就說擔任伴奏絕對能有更多體驗和感受。」

「嗯，其實每次看到妳總是爲了育幼院的事這麼拚命，我就常常會想起，妳之前罵我的『功利』。」

「胡宇晨……」我眞的好驚訝。

「說了這麼多，我只是想告訴妳，該說謝謝的也許是我。我眞的很高興認識妳。」

他的話讓我心跳漏了一拍，「我也很高興認識你。」

他笑了笑，走到機車前，打開置物箱，把可愛的小豬安全帽遞給我，「下個禮拜合唱表演的前兩天，我和孩子們約好要做最後的練習。」

「眞的啊？」

「那兩天下午，玉甄正好都有空，所以也約了她一起過來。」

「嗯……」我想了一下時間，「我和文文都要上課，不過有玉甄在，我想一定可以很順利的。」雖然心裡有一點點酸，但想到要讓表演順利，我說的都是由衷的實話。

「妳不是蹺課女王嗎？還會擔心上課？」他戴上安全帽，揚起眉笑我。

「要不是當時有人開出一定要我『伴唱』的條件，我王小楠可是很少蹺課的耶！」

「妳少來！」他敲了我一記，安全帽發出了「叩」的一聲。

「本來就是啊！害我這個優秀得不得了的好學生，平白要冒著被當的危險。」

「老王賣瓜。」

「錯！我是小王賣瓜。」我嘻嘻嘻地笑了，用雙手擺出大大的一個「叉」。

「對了，我打算，之後每個星期三下午都到育幼院去。」

我挖了挖耳朵，其實我很確定自己聽見了什麼，但還是假裝誇張地盯著他問，「你也要加入義工的行列？」

「嗯，那群孩子眞的很喜歡音樂，所以在院長的同意下，玉甄和我都可以各自排一些時段幫孩子上上唱遊或是音樂課。」

「那太好了！」我不禁開心地歡呼。

「上車吧！」

「好。」我跨上機車後座。

「抓好囉！」他發動引擎，慢慢加快機車的速度往路口騎去。

我看著路旁的景物，「胡宇晨！」

「幹麼？」風很強，他加大了音量問我。

「要不要繞去吃一碗紅豆湯圓啊?」我也大聲地說。

他看了手上的錶一眼,「好啊!反正時間還早。」

「太好了!」他小心地迴轉。我緊緊抓著他的腰,「我覺得,能這樣和你相處眞的好棒。」

「是嗎?」

「嗯,沒有誤會沒有爭執,而且……」

「而且什麼?」

「而且你沒有因爲我喜歡你而躲我,所以我眞的很開心。」

「呵,說這什麼傻話,妳抓好,我要加速囉。」

「爲什麼?」

「因爲我迫不及待想吃紅豆湯圓啊!」他舉起了左手,比了個勝利的手勢之後,便加速往紅豆湯圓的店前進。

後座的我噗嗤地笑了出來,我發覺他眞的變了。雖然我無法具體地用語言形容,但我就是知道,他眞的變了,而且變得更可愛、更容易親近。

「我有一種會被點名的預感耶！」我脫下安全帽，對文文說。

「管他的，明天就要表演了耶！今天無論如何，都要來參與最後一次練習啊！」文文也脫下安全帽，一副理所當然的樣子。

「也對，而且好想把昨天趕工完成的手環和項鍊，先給孩子們戴上。」我開心地指指手中提著的飾品。

「他們一定會很喜歡的，走吧！」

「嗯，走！」

我和文文並肩朝練唱的教室走去，也許因爲太想讓孩子們看見這些可愛又漂亮的飾品了，兩個人都不自覺加快腳步，三步併兩步地走向教室去。

原本以爲愈接近教室，應該會聽到伴隨著琴聲的悠揚歌聲，可是在這短短不到十公尺的距離裡，飄進我耳裡的卻不是〈快樂地向前走〉，而是一首我從來沒聽過的……應該是古典樂曲吧！

我慢下腳步，直到文文疑惑地回過頭看我，「怎麼了？」

「哈！」我尷尬地笑了笑，其實我也不知道自己的腳步爲什麼慢了下來，「可能以爲跑錯時空了吧！」

「跑錯時空？妳電影看太多了嗎？」文文拍了我的肩。

「最近聽到的都是〈快樂地向前走〉，突然變成這種音樂，我以爲跑錯地方了。」

「也許是在休息吧！」

「嗯。」我點點頭，其實我本來就知道，不管是玉甄或胡宇晨，都會在小朋友休息的空檔隨意彈奏曲子，但我就是在剛剛不自覺停下腳步時，有一種奇怪的預感，說不上來是怎麼回事。

「文文！小楠！」喊住我們的是育名。

「育名！」我和文文不但異口同聲地打了招呼，連揮手都像有心電感應般用左手。

「妳們來看練習啊？不是有課嗎？」

「當然囉！這是大事耶！不蹺課怎麼行？」文文的語氣豪邁極了。

「順便把昨天趕工做好的飾品拿來給小朋友們看。」我晃晃手中的塑膠袋。

「原來如此，他們拿到一定很開心的。」

「對了，那他們練習結束了嗎？」文文指著練唱的教室。

「等會兒還要繼續練，他們的小天使老師請人送來紅豆湯圓，他們現在全都在餐廳裡吃得正開心呢！」育名笑著說：「妳們呢？要先過去找小天使老師和玉甄，跟他們打聲招呼，還是要先衝向紅豆湯圓啊？」

「我們先去找胡宇晨和玉甄好了。」我回答。

「嗯，那一起去吧！」文文一手拉著我，一手拉著育名走向教室。

我們走到門口時，看見裡頭的兩個人坐在鋼琴前，兩雙手很有默契地在黑白相間的琴鍵上流暢地彈奏著。看到這一幕，我的雙腿像被強力膠黏在地上似地，再也抬不起來，更別說是跨進隔著一扇門的教室。

這就是四手聯彈吧！看他們的手優雅地在琴鍵上舞動，我有一種「原來他們都是這麼厲害的人」的感覺，也突然有一種「原來他們的世界，我永遠都不會懂」的沮喪。

「怎麼了？」文文小聲地問。

「不進去嗎？」育名拍拍我的肩。

「等曲子結束好了。」我假裝不在意地笑了笑，眼睛始終盯著投入在音樂裡的胡宇晨和玉甄。

我說完這句話，曲子正巧也瀟灑地結束，「還不進去嗎？」文文拉拉我的手。

「嗯。」我艱難地抬起我的右腳，準備踏出一步時，玉甄說話的聲音又讓我把腳縮了回來。我看了文文一眼，「等一下好了。」心裡莫名地發出一個聲音，小聲地告訴身為旁觀者的自己，不該貿然闖進他們的世界裡。

「好久沒彈得這麼過癮了。」玉甄溫柔地說。

「妳還沒完全復原，還是別太勉強，以後有的是機會。」

「嗯，謝謝你。」

「呵！我也很難得遇到這麼厲害的夥伴。」胡宇晨邊說，準備站起身時，被玉甄抓住了手臂。

怎麼了？我驚訝地看著眼前的畫面，玉甄怎麼突然有這個舉動呢？而我的心跳愈來愈急，文文拉著我的手，似乎也感受到我的緊張，很體貼地把我的手握緊。

「怎麼了嗎？」胡宇晨坐回位置，看著玉甄，兩個人靠得很近。

「我有個問題想問你……」

「嗯？」

「你有喜歡的人嗎？」玉甄笑笑的，「感覺起來，你心裡好像只有音樂而已。」

「我真的給人這種感覺啊？」胡宇晨笑著，邊說邊將琴譜闔上，然後站起身，面對也跟著站了起來的玉甄，「很久之前，小楠好像也這樣說過，還懷疑我是不是對女人也沒有興趣。」

「是嗎。」玉甄甜甜地笑了，「那，你喜歡什麼類型的女生呢？」

玉甄的問題，也是我想知道的。只是我沒料到，在我開口問胡宇晨之前，玉甄就先問了，而我竟這樣陰錯陽差又尷尬地站在這裡。

「其實這很難說。」

「這樣問好了，你喜歡小楠那樣的女生嗎？」

胡宇晨「哈」了一聲，「這個問題眞妙。不瞞妳說，以前我確實給自己設了一個標準，不管是喜歡，或是將來要交往的女孩，一定要懂音樂、會彈鋼琴。」

胡宇晨的側臉映入我眼裡，而他所說的話，更是一個字一個字刺進了我心中。我深深地吸了一口氣，卻怎麼也無法控制自己逐漸下墜的心。

也許察覺到我的異樣，擔心我會再聽到什麼不該聽到的話，文文和育名很有默契地同時想發出聲音打斷他們的交談，但被我阻止了。

「我想先去盪鞦韆……」我壓著自己跳得極不規律的心臟，有氣無力地說：「文文，這袋飾品先給妳，我等一下就回來。」

「小楠……」文文接過我硬是塞給她的塑膠袋。

「沒事啦！」我笑了笑，「讓我療傷一下下。」

我再回頭看了教室裡的胡宇晨和玉甄一眼。我知道他們的話題還沒有結束，儘管我心裡多麼想知道後來他們還說了些什麼，卻再也鼓不起任何勇氣繼續站在門外。於是我轉身，迅速地往遊戲場的方向跑去。

懂音樂會彈鋼琴……

這七個字，不斷在我的腦海裡重播，像一把刀來回劃在我的心上，好痛好痛。

我跑到鞦韆前慢慢坐下，輕輕地盪了起來。

沁涼的風仍像往常一般溫柔，迎面吹拂在我臉上。唯一不同的是，往常被微風這樣吹拂著的我，心裡總有一種舒服而且放鬆的感覺，就算心情不好，也能很快忘掉所有的煩惱。但這一次爲什麼沒有辦法呢？爲什麼我只要一想起胡宇晨說的話，心臟就會不停往下墜呢？

向胡宇晨告白時，我明明還說得一派輕鬆，心裡不是早就有「只是想把心中的感覺勇敢表達出來」的認知嗎？爲什麼現在聽到這樣的對話，卻還是悵然若失，像隻烏龜似地縮進自己的殼裡暗自傷心？王小楠！妳這個討厭的膽小鬼，妳到底在幹麼？我生氣地問著自己，氣自己爲什麼會有這樣的反應。

我把鞦韆愈盪愈快、愈盪愈急，試圖趕走心裡的苦澀，但似乎一點用也沒有，反而在我把鞦韆盪得愈高的那一刻，愈激起心裡最深處的悲傷。

我看著前方的淡淡白雲，心裡終於有了個譜，原來在我自認勇敢告白的背後，還是藏著一絲絲期待的。

「跑得眞快，就這樣拋下盪鞦韆的好夥伴啊？」育名不知道什麼時候已經跟著我走來，並且坐在旁邊的鞦韆上。

我慢了下來，盡量用輕鬆的語氣說：「抱歉，因爲今天的王小楠心情很不好。」

「有什麼話可以說出來，這樣會好過一點。」

「育名……」我微側著臉，看著坐在鞦韆上的育名。

「我可以當妳的垃圾桶。」他溫柔地對我說。

「嗯。」我點點頭，因爲育名的話，感動得鼻酸了。不想讓育名發現我的異樣，我將視線移向前方，直到調整好情緒之後，才再次開口，「呵！因爲聽到那些話就這麼難過，一點也不像王小楠對不對？」

「小楠，沒有人能永遠堅強勇敢的。」

「可是……」我皺起了眉頭。

「可是什麼？」

「可是我從來沒想過，自己會因爲胡宇晨說的話這麼傷心、這麼想掉眼淚，我一直覺得王小楠該要堅強，可以什麼也不奢求，並且義無反顧地喜歡胡宇晨，不管他討厭我或喜歡我，我都希望自己能坦然地陪在他身邊，直到他看見我爲止。」

育名點點頭，認真地說：「我懂。」

「結果……」我無奈地笑了笑，「現在我才知道，原來我還是期待能有那麼一天，他會以男朋友的身分牽著我的手。育名，我問你……」

「嗯？」

「不懂音樂、不懂鋼琴，甚至看不懂五線譜，難道是一種錯嗎？」想起剛剛胡宇晨說的話，滾燙的淚水終於從我眼角滑下。

「當然不是，」育名站起身，拉住我的鞦韆，讓我慢慢停下來，「不要亂想。」

「那為什麼只因為我對音樂一竅不通，所以和胡宇晨之間，就註定隔著難以跨越的鴻溝，非得是兩個不同世界的人呢？」我哽咽著，止不住湧出的淚水。

「我想他沒有這樣的意思，而且小楠，」育名在我面前蹲下，溫柔地擦掉我的眼淚，「無論如何，都有我在。」

「是嗎……」我感動地看著育名，激動地抓住他撫著我的臉的大手，「謝謝你，謝謝你們這些……」

然而，我想說的「好朋友」幾個字並沒有說完，就突然被育名抱進懷裡。

「育名？」我驚訝地喊了育名的名字，試著用已經太過混亂的腦子，分辨清楚育名的擁抱究竟代表了什麼。

「小楠，看妳這樣我真的很不忍心，如果可以，就讓我這樣陪在妳身邊好嗎？」

我閃過了不太對勁的念頭，用力地想推開育名，卻因此被他抱得更緊，「育名，你放開我！」

「小楠，我喜歡妳，我真的很喜歡妳……」育名的手並沒有放開，情緒似乎也有些激動。

「可是我喜歡的是胡宇晨。我說過，我喜歡的是胡宇晨！」我用盡力氣大喊，並且極力地想從育名的懷抱裡掙開，「如果你不放開我，我就再也不理你囉。」

「小楠我……」

「育名！放開我！」我在育名的懷抱裡掙扎。

也許察覺到我的堅決，育名鬆開手，懊惱地看著我，「對不起！」

我不斷地掉眼淚，想說些什麼，面對著育名卻一句話也說不出來，於是決定逃開這混亂的一切。

我擦了擦停不下來的眼淚，拔腿往育幼院門口的方向跑去。這時，我竟赫然發現遠遠站在前方的胡宇晨。

當我跑向他，與他擦肩而過的那一剎那，他輕輕拉住我的手，「小楠……」

我停下腳步，沒有勇氣讓他看見自己哭得可憐兮兮的樣子，於是我只是低下了頭，像個木頭人般地站在他旁邊，「沒事，我想一個人靜一靜。」

「嗯，妳先回去休息好了，這裡交給我們。」

「謝謝。」我抽開手，儘管我明明知道自己多麼需要被他溫暖的大手握著。

「練習結束後找妳。」

「再說吧！」

「給妳吃的。」胡宇晨提著兩個袋子，在我眼前晃著，「文文說，根據她對妳的了解，她百分之百確定，妳離開育幼院後一定會一直窩在宿舍，哪裡也不會去。」

「是啊！」我苦笑了一下，揉揉哭得紅腫的眼睛，心想文文真不愧是我的好朋友，總是這麼了解我。

下午從育幼院離開後，我傻傻地邊流淚邊走了好一段路，直到兩腿走得發痠發軟，才從口袋裡掏出零錢，在鄰近的公車站牌搭上公車回學校。而且正如文文所說的，我回宿舍後哪兒也沒去，也沒吃東西。

「要在這裡吃，還是……」胡宇晨溫柔地問，再次晃動手中的袋子。

「我沒胃口，你吃吧！」

「我的胃口現在也只裝得下一碗紅豆湯圓，所以妳無論如何都要吃一點。」

「可是我真的……」

他突然牽起我的手，「不然陪我到操場看星星也好。」

「胡宇晨……」

「走啦！」

「我……」我還來不及拒絕，就被他緊緊握住，他似乎不容我反抗地，拉著我，逕自往操場的方向走去。

一直走到操場中央，他才放開我的手，「就這裡吧！」

「這裡？」

「嗯，妳看天上。」他指了指漆黑的天空。

「好多星星。」

「對啊！這是觀賞星星的好地點喔！」他放下手裡的食物，並且伸手拉了我一把，讓我坐在草皮上，他整個人大字形地躺下，「躺下來的話，妳會有一種置身在整片夜空中的感覺，要不要試試看？」

「嗯……」我半信半疑地躺了下來，看著點綴在漆黑夜空的星星，「好美喔。」

「是啊！」他呵呵地笑了，「告訴妳一個祕密，我小時候，有一段時間很不喜歡，甚至很厭惡練琴的。」

「眞的啊？」我側著臉，驚訝地看他，發現他也同時側過臉看我，「我還以爲你從很小的時候就很愛練琴的，我從來沒有想過，你鋼琴彈得這麼厲害，竟然……」

「沒想到我竟然也曾經恨透了鋼琴吧？」

我點點頭，看見他眼睛裡藏了一絲憂傷。

他回了我一個苦笑之後，繼續說：「我爸和我媽都是很有成就的鋼琴家，所以對我在音樂方面的要求相當嚴苛。現在想起來，其實我眞的應該感謝他們當時對我的嚴格，沒有他們的教育，我根本不會累積出這麼紮實的技巧。但小的時候，我眞的不知道爲什麼別的小朋友放學可以在操場踢足球，或是放假時讓爸媽帶著去看一場新上映的動畫電影；而我卻必須一放學就趕回家，練習一首又一首世界名曲。」

我轉過頭，靜靜聽著胡宇晨的話，雙眼望向天空。

「有一次，我為了表達心裡的不滿，放學後留在操場和同學踢了一個下午的足球，回家時天都黑了，」他微微地笑了，「那天，也不知道哪裡來的勇氣，竟然和盛怒的媽媽吵了起來，甚至和媽媽頂嘴，說自己根本就不喜歡鋼琴，從此再也不要練鋼琴了。」

「結果呢？」

「結果我媽媽也很酷，拿起放在一旁的花瓶，把花瓶裡的水全部淋在鋼琴上。」

「哇……」我聽得瞠目結舌，試著想像他所形容的畫面。

「當時我也氣了，不管三七二十一就奪門而出，跑到學校操場，像這樣大字形地躺在草皮上，看著無數的星星在天上閃閃閃的。」

「最後睡著了嗎？」

「沒有……」他搖搖頭，「最後，在這一片廣闊的夜空下，我才想通自己是多麼熱愛鋼琴，就算沒有爸媽的要求，我也一定會努力爬上音樂領域的最頂尖。」

「那後來媽媽怎麼原諒你的？」

「罰跪。」他笑了笑，「然後為了討好她、讓她開心，我拚命練了一首難度很高的曲子。」

「鋼琴不是壞了嗎？」

「偷用我爸的鋼琴。」他輕笑了一聲。

「原來如此。」

「說了這麼多，我只是想告訴妳，我其實幾乎忘了這種躺在草皮上，欣賞夜空的心情了，因爲在那之後，我大半的生命裡，除了鋼琴還是鋼琴。是妳的出現，讓我想起了鋼琴之外的一切。」他側身，一隻手撐在耳後，定定地看著我，「謝謝妳。」

我不知道該說些什麼，回「不客氣」三個字似乎有點奇怪。我唯一確定的是，看著他的笑容，我覺得今天的他特別溫柔，特別迷人。

「心情好一點了嗎？」他問我。

「好多了。」

「今天看妳哭成那樣，老實說，我還眞有一點捨不得。」

我瞥了他一眼，給了他一個淡淡的微笑後，才想起困擾了我一整個下午的問題，「我問你喔！」

「嗯？」

「音樂能當飯吃嗎？」

「不能。」

「那音樂能止渴嗎？」

他聳聳肩，「也不能。」

「那不懂音樂、不懂鋼琴，又有什麼關係？」

「哈哈！」他大聲笑了出來，「今天看妳哭成這樣，還以爲妳還會傷心個幾天，正煩惱該怎麼逗妳開心呢！根本完全忘了，妳王小楠是無敵樂觀的人。」

「我是樂觀又打不死的小強，王小楠。」我大聲糾正他。

「不管是怎麼樣，既然心情好了，是不是表示可以開動了呢？」他笑瞇瞇地指著一旁的紅豆湯圓。

「嗯。」我肚子眞的開始餓了呢。

「先說好喔，明天表演完，妳必須再請我們大家一人一碗加大的紅豆湯圓。」

「爲什麼？」

「因爲今天有人哭著離開育幼院，是我們替妳找藉口向孩子們解釋的耶！」

「好嘛！就當作是表演結束的慶功宴吧。那現在可以吃了嗎？」我伸出手，不客氣地攤開掌心。

「當然可以，不過在吃之前……」

「又怎麼樣了？」

「我想告訴妳，謝謝妳改變了我，也謝謝妳喜歡我。」說完，他坐起身，溫柔地抱住我，右手輕輕地撫在我頭髮上。

好溫暖的擁抱，但……這在作夢嗎？我心臟撲通撲通地跳著，「胡宇晨……」

聽見我喊他的名字，他慢慢放開我，雙手溫柔地放在我肩膀上，給了我一個溫暖又帶點神祕的笑容，「希望不會嚇到妳，但我只是由衷地想謝謝妳，真的。」

當台下響起了如雷的掌聲，台上的小朋友也已經向台下鞠了躬之後，我緊張地盯著台上的動靜，小聲地對文文說：「他們怎麼還不向右轉，趕快下台啊？」

文文聳聳肩，一副事不關己的樣子，「我也不知道耶！」

看小朋友還繼續站在台上微笑著，我緊張地打著「向右轉」的手勢。沒想到，幾個接觸到我眼神的孩子，都刻意避開了我的目光，只是朝台下燦爛地笑著。

「玉甄……」我走近玉甄，輕輕拉拉她的衣角，「怎麼辦？他們……」

還沒等到玉甄做出任何回應，我的目光隨即被台上的胡宇晨吸引了過去。

原本坐在鋼琴前的胡宇晨站了起來，面對台下的所有來賓，鞠了個九十度的躬，然後再優雅地坐回鋼琴前，雙手很有架勢地放在琴鍵上。

奇怪，到底是怎麼回事呢？這次只準備了一首合唱曲，明明已經唱完了啊，胡宇晨爲什麼鞠了躬之後又坐回鋼琴前，看起來還準備繼續呢？

我搔搔頭，納悶地看著台上令人摸不著頭緒的場面。

「怎麼回事？」我在音量還很大的掌聲中偷偷問玉甄，但我沒有得到玉甄的答案，只見她神祕地笑。

「文文，現在到底是怎麼樣啊？」我緊張得皺起眉頭。

「噓……」文文誇張地把食指抵在唇邊。

「到底是麼樣啦……」當我想問個清楚時，台上的胡宇晨彈出了一連串音符，然後慢慢組合成熟悉的旋律。

這、這不是之前我好說歹說，都說服不了胡宇晨彈奏的〈天黑黑〉嗎？我挖挖耳朵，想確定此刻聽到的一切。

「文文？」

「噓，小楠，他在台上彈得這麼好，妳在台下也應該用心聽啊。」

文文說的我當然懂，我想我只是太過驚訝和感動，心裡的情緒激動到不行。我怎麼也沒想到，一向不屑彈奏流行歌曲的他，竟然會在這種場合演奏這首歌，而且還是在我完全不知情的情況下做了演出。我遠遠看著他熟練的雙手忽快忽慢地敲在琴鍵上，再看看台上隨著琴聲微微擺動身體的孩子們，鼻子酸了，眼眶也紅了起來的同時，他琴鍵上的雙手，又流暢地敲出范范的〈因爲〉這首歌，我的眼淚於是滑出了眼眶。

我邊流淚，邊不自覺地輕聲哼著，一直到胡宇晨彈奏完最後一個音符，我還捨不得曲子結束的那一刻，胡宇晨慢慢走到舞台中央，鞠了個躬，笑著對台下的觀眾說：「我想，在這充滿愛心的義賣園遊會裡告白，應該都會成功吧！」

胡宇晨的話，引得全場來賓鼓掌叫好，甚至還有幾句此起彼落的加油聲。台上的他溫柔地看向台下，對上我的眼神，「王小楠，我喜歡妳！」

一旁的文文像早知道有這一幕似地，故意瞎起鬨撞了我一下，「小楠，告訴大家妳也很喜歡他啊！」

「呵！小楠，這麼甜蜜的告白，連我都羨慕了耶！」玉甄也笑著看我。

文文和玉甄的話，其實我都聽進了耳裡，但我腦子卻一片空白，來不及思考，更別說是做出什麼回應了。

台上的胡宇晨再一次拿起麥克風，用極溫柔的語調，「不懂音樂、不懂鋼琴、聽古典音樂會睡著，甚至是音樂白痴也沒關係，只要妳肯陪我躺在操場看星星，肯陪我到育幼院附近吃紅豆湯圓，我願意為妳這個音樂白痴，彈一輩子妳最喜歡的流行歌。」

我抬頭看向胡宇晨，淚水模糊了我的視線。

☾

「好像應該找個機會獨處一下。」小朋友們陸續下台後，胡宇晨也下台來，牽起我的手，走出演出的場地，穿過人聲鼎沸的義賣會場，停在一棵大大的樹下。

「你竟然從頭到尾都把我蒙在鼓裡。」我尷尬地笑了笑。

「這不是蒙在鼓裡，這是『驚喜』啊。」

「讓我哭得像笨蛋一樣的驚喜嗎？」我抬頭看他，從樹葉的縫隙中投射在他髮絲上的陽光，顯得格外閃亮。

「算是對妳的小小懲罰。」

「為什麼？」我不服氣地瞪著他。

「就不知道是誰偷聽我和玉甄對話，還笨到連話都沒聽完，就一個人鑽牛角尖，哭得跟什麼一樣。」看見我眼角還掛著眼淚，他溫柔地替我擦掉。

「當下我心裡就只有難過而已，哪有力氣想那麼多啊！咦？這麼說，文文也早就知道這個陰謀囉？」我抓抓頭，納悶地看著胡宇晨，突然想起我從教室門口跑開後，文文還一直留在那裡並沒有離開，應該知道玉甄和胡宇晨接下來的對話才對。

「是啊！」

「可惡！臭文文，竟然幫著你瞞我。」

「我可是被她A了一杯大珍奶外加一塊雞排，她才肯幫我保密的耶！」

「等一下我一定找她算帳！」我皺皺鼻子，「對了！」

「嗯？」

「那，你和玉甄後來到底說了什麼啊？」我好奇地睜大眼睛。

「真的想聽？」他揚起眉，一臉促狹地看著我。

「當然。」我堅定地點點頭。

「後來，我就說，遇到王小楠之後，發現懂不懂音樂好像也不是那麼重要，呃……」他攤了攤手，「反正，大概就是今天在台上說的那些啦。」

我看著表情有一些些靦腆的他，惡作劇的念頭又蠢蠢欲動，「我想再聽一次。」

「不要。」

「拜託……」我雙手合十，可憐兮兮地看著他，「拜託嘛！」

「呼！我好像從認識妳開始，就注定拗不過妳的拜託喔？」他眼帶笑意地看我。

我點點頭，回了他一個微笑，「當然，因爲你是菩薩派來保護我的小天使啊！」

「是被妳吃定的小天使吧！」他輕輕捏了我的鼻子，「其實，昨天看妳哭成那樣，眞的很捨不得，差一點也衝動得想告訴妳我心裡的感覺。可是爲了這個驚喜，我還是決定忍下來。」他笑起來，伸手撫撫我額頭上被風吹亂的劉海。

「哪來這麼多驚喜？」我扮了個鬼臉，「你爲了那個小豬安全帽，害我以爲自己可以被隨便取代，這次的驚喜又害我哭個半死。」

「就是這樣，印象才會深刻啊。」

「我看你和文文根本就狼狽爲奸嘛！不對喔……不只是你和文文耶！」我嘟起了嘴，隨即察覺整件事背後更大的不對勁，「這樣想起來，孩子們演唱完之後，好像只有我是傻子，呆呆站在舞台前，窮擔心他們怎麼都還不下台。」

胡宇晨哈哈地笑開了，「妳還眞不是普通的後知後覺耶！這兩首歌我本來就想找機會彈給妳聽的，只是一直沒機會，正好昨天有個笨蛋哭成那樣，我徵求了院長的同意後，她立刻熱心地幫我詢問主辦單位，看看可不可以增加一首組曲的演奏，幸好活動的節目本來就很缺，而且也不會耽誤太多時間，主辦單位才答應了這個臨時的請求。」

「是喔……那玉甄她、她……」我支吾了一會兒，猶豫著我的用詞。

我還沒問出內心的疑惑，聰明的胡宇晨就接了我的話，「如果妳想問的是玉甄後來有沒有表示什麼，答案是沒有。」

「喔。」我尷尬地笑了，會是我想太多了嗎？

「因爲我很快就先向她坦白說我喜歡妳。」

「那她有沒有……難過或什麼的？」我吞吞吐吐地問，這時才發現自己心裡多少還是擔心玉甄的感受。

他搖搖頭，「她很大方祝福我們，而且〈天黑黑〉這首曲子的譜，還是她借給我的喔。」

「眞的？」我伸了個懶腰，一切的一切突然幸福得讓人心情都慵懶了起來。

「對了，這是育名要給妳的。」胡宇晨從口袋裡拿出一張摺疊整齊的紙條。

「育名？」我疑惑地從他手中接過淡藍色的便條紙，打開後，看了看育名寫在上頭的工整字跡。

「我傳個簡訊。」快速地看了兩次，然後我小心地把紙條收好，拿出手機傳了簡訊給育名。

傳完簡訊後，我轉頭問胡宇晨，「你都不好奇育名寫了什麼給我嗎？」

「那他寫了什麼？」胡宇晨很配合我，誇張地睜大眼睛問。

「紙條裡寫了三個重點。第一，他說他會祝福我們兩個；第二，他希望我能原諒他昨天的舉動，希望我們和從前一樣，還是最好的朋友。第三呢……嘿嘿！」

「怎麼樣？」

「他說，要是菩薩派來的小天使欺負我的話，他隨時會來找你算帳！」

「喂！我不被妳欺負就謝天謝地了！再說，我哪捨得欺負妳啊？」

「是嗎？」我質疑地看著他。

「當然，」他輕輕拍了拍我的頭，「手伸出來。」

我摸不著頭緒，伸出手，攤開掌心。

他溫柔地笑著，神祕地把手裡握著的東西放在我的手上，「這是保證。」

我吃驚地看著手中一顆晶瑩剔透，而且十分眼熟的小珠子，「這……」

「第七十二顆。」他微微一笑。

「眞的撿回來了？」

「其實手鍊斷了的隔天，我又去找了一次，沒想到運氣這麼好，被我找到啦。」

我看著他，滿滿的驚喜瞬間轉換成過剩的感動，「謝謝你……」

「這又沒什麼，」他撫著我的臉頰，「就當做是我喜歡妳的保證囉。」

說完，他拉了我一把，將我輕輕拉進他的懷抱裡，在微微透著日光的樹蔭下，給了我一個很甜很甜的吻。

【全文完】

國家圖書館出版品預行編目資料

因為／Micat 著. -- 初版. -- 臺北市：商周,
城邦文化出版；家庭傳媒城邦分公司發行,
民 97.12
面 ； 公分. --（網路小說；122）

ISBN 978-986-6571-69-5（平裝）

857.7 97020553

# 因為

作　　者／Micat
副總編輯／楊如玉
責任編輯／陳思帆

發 行 人／何飛鵬
法律顧問／台英國際商務法律事務所　羅明通律師
出　　版／商周出版
台北市中山區民生東路二段 141 號 9 樓
電話：(02) 2500-7008　傳真：(02) 2500-7759
email ： bwp.service@cite.com.tw
發　　行／英屬蓋曼群島商家庭傳媒股份有限公司城邦分公司
台北市中山區 104 民生東路二段 141 號 2 樓
書虫客服服務專線：(02) 25007718 、(02) 25007719
服務時間：週一至週五上午 09:30-12:00 ；下午 13:30-17:00
24 小時傳真專線：(02) 25001990 、(02) 25001991
劃撥帳號： 19863813 ；戶名：書虫股份有限公司
讀者服務信箱： service@readingclub.com.tw
城邦讀書花園： www.cite.com.tw
香港發行所／城邦（香港）出版集團有限公司
香港灣仔駱克道 193 號東超商業中心 1 樓
E-mail ： hkcite@biznetvigator.com
電話：(852)25086231　傳真：(852) 25789337
馬新發行所／城邦（馬新）出版集團【Cité (M) Sdn. Bhd.】
41, Jalan Radin Anum, Bandar Baru Sri Petaling,
57000 Kuala Lumpur, Malaysia.
Tel: (603) 90578822 Fax:(603) 90576622

版型設計／小題大作
封面繪圖／文成
封面設計／洪瑞伯
電腦排版／浩瀚電腦排版股份有限公司
印　　刷／鴻霖印刷傳媒股份有限公司
總 經 銷／高見文化行銷股份有限公司
電話：(02) 26689005　傳真：(02) 26689790
客服專線： 0800-055-365

■ 2008 年（民 97）12 月 2 日初版
■ 2012 年（民 101）5 月 31 日初版 4 刷

Printed in Taiwan

**定價／ 180 元**

城邦讀書花園
www.cite.com.tw


ISBN 978-986-6571-69-5

商周出版

| 廣 告 回 函 |
|---|
| 北區郵政管理登記證 |
| 台北廣字第 000791 號 |
| 郵資已付，免貼郵票 |

104 台北市民生東路二段 141 號 2 樓

**英屬蓋曼群島商家庭傳媒股份有限公司　城邦分公司**

請沿虛線對摺，謝謝！

商周出版

| | | | | | |
|---|---|---|---|---|---|
| **書號：** | BX4122 | **書名：** | 因為 | **編碼：** | |

商周出版

# 讀者回函卡

謝謝您購買我們出版的書籍！請費心填寫此回函卡，我們將不定期寄上城邦集團最新的出版訊息。

姓名：______________________________ 性別：□男 □女

生日：西元____________年____________月____________日

地址：________________________________________________

聯絡電話：____________________傳真：____________________

E-mail：________________________________________________

學歷：□ 1.小學 □ 2.國中 □ 3.高中 □ 4.大專 □ 5.研究所以上

職業：□ 1.學生 □ 2.軍公教 □ 3.服務 □ 4.金融 □ 5.製造 □ 6.資訊

□ 7.傳播 □ 8.自由業 □ 9.農漁牧 □ 10.家管 □ 11.退休

□ 12.其他________________________________________

您從何種方式得知本書消息？

□ 1.書店 □ 2.網路 □ 3.報紙 □ 4.雜誌 □ 5.廣播 □ 6.電視

□ 7.親友推薦 □ 8.其他______________________________

您通常以何種方式購書？

□ 1.書店 □ 2.網路 □ 3.傳真訂購 □ 4.郵局劃撥 □ 5.其他______

您喜歡閱讀哪些類別的書籍？

□ 1.財經商業 □ 2.自然科學 □ 3.歷史 □ 4.法律 □ 5.文學

□ 6.休閒旅遊 □ 7.小說 □ 8.人物傳記 □ 9.生活、勵志 □ 10.其他

對我們的建議：________________________________________

________________________________________

________________________________________

________________________________________